KB126173

일 기 에 도
거 짓 말 을
쓰 는 사 람

일기에도
거짓말을
쓰는 사람

차도하 지음

99년생 시인의 자의식 과잉 에세이

위즈덤하우스

나도 일기에 거짓말을 쓴다. 거짓말은 진실보다 가볍고, 달고, 세련됐다. 거짓말이 가진 힘은 강력하다. 나는 거짓말에 매료된 사람이다. 문학은 언제나 아름다운 거짓말이다. 좀 더 아름다운 거짓말을 하고 싶다. 누구나 반할 만한, 한 번 보면 절대 잊을 수 없는 거짓말. 아니다. 실은 나도 차도하처럼 "견딜 수가 없"어서 거짓말을 쓴다. 나와 차도하 사이에는 12년이라는 시간이 존재한다. 긴 찰나일 수도 있는 12년. 차도하가 쓴 '유년의 윗목'을 지켜보며 느꼈다. 12년 동안 달라진 것은 아무것도 없다. 12년 전이나 지금이나 아이들은 작고, 약하며, 모든 것을 기억한다. 앞으로 12년이 흐른 후에도 그럴까? 그때도 여전히 진실은 무겁고, 구역질이 날 만큼 쓰고, 추할까. 특히 어떤 진실은 도저히 마주할 수조차 없다. 나는 진실 앞에 설 용기가 없다. 한껏 움츠러든 내 어깨를 누군가 톡톡, 친다. 차도하다. "언니, 잠깐 비켜보세요." 차도하는 진실 앞에 선다. 빙글빙글 웃으며. 어디 보자, 널 어떻게 주물러줄까? 진실은 차도하의 손안에서 높은 성이 되었다가, 이제 막 날아오르는 어린 새가 되었다가, 무수히 잘게 부수어진 빛나는 모래가 된다. 진실을 주무르는 차도하의 눈에는 눈물과 정열과 분노가 뒤엉켜 차오른다. 그것은 아름답고 자유로운 '슬라임'이 된다.

그러니 차도하는 끝내 웃을 것이다. 차도하가 온다. 거짓말과 솔직함을 양손에 들고, 당신의 마음을 부수러.

_강지혜(시인)

차도하의 글은 야무지고 대담한 문장들로 반짝인다. 솔직해지기 어려운 마음을 고백하는 사람은, 스스로 자의식 과잉이라고 말할 수 있는 사람은, 그 자체로 투명하다. 유리벽에 부딪히는 돌멩이처럼, 나를 이루는 세계에 질문을 던진다. 울퉁불퉁하지만 다채롭고, 아프지만 재미있게. 눈물을 닦고 일어나 이야기한다. 더 이상 비밀이 아닌 비밀에 대해, 그러나 아직 숨겨둔 달콤한 사탕에 대해, 나로서는 다다를 수 없는 공간에 대해, 도시의 소음 속에서 작게 들리는 사랑의 목소리에 대해. 보는 사람으로서 나를, 우리를, 이 세계를 날카롭게 읽어나간다. 나를 사랑하는 일이 다름 아닌 자신으로부터 시작될 때, 피가 마르지 않던 상처는 끝내 아물고, 흉터가 아닌 나만이 가진 특별한 무늬로 변모한다. 내 속에 내가 너무도 많은 차도하는 매일 새로운 '나'에게 가까워지는 중이다. 앞선 세계와 맞서온 별종이라 불리는 사람으로서, 그의 마음속에 홀로 앉아 있는 어린 도하를 한아름 안아주고 싶다. 꼭, 같이 살아 있자고.

_강혜빈(시인, 사진가)

나는 자의식 과잉이다

나는 자의식 과잉이다.

길을 걸으며 나는 생각한다. 저 사람은 지금 노래를 들으며 박자에 맞춰서 걷고 있구나. 저 사람은 팔자걸음이구나. 저 사람은 헤매고 있구나. 저 사람은 느긋하구나. 저 사람은…… 내가 아는 사람인데 인사를 할까 말까. 저 사람은 먼저 인사를 하는 타입이니까 가만히 걸어도 먼저 인사하겠지. 점점 가까워진다. 어라. 왜 인사를 안 하지. 내가 뭔가 잘못했나. 사람들을 지나치며, 나는 지나치게 생각한다. 그럼 나같이 사람들을 지나치게 생각하는 사람이, 나를 지나치고 있을 것 같다. 그 사람에게 나는 어떻게 보일까. 느긋하게 보일까. 헤매는 것처럼 보일까. 생각을 너무 많이 하는 걸 들킬까.

나는 들키고 싶은 걸까.

남을 읽고 싶다는 마음.
남에게 읽히고 싶다는 마음.

이 두 마음은 한패다. 그래서 에세이를 쓴다. 에세이를 읽는 사람도 자의식 과잉일 것이라고 나는 생각한다. 자의식 과잉이 아니라면, 누가 무슨 일을 했는지 무슨 생각을 했는지 구구절절 써놓은 에세이집을 들춰볼 리 없다.

그러므로 모든 자의식 과잉인들에게, 이 책을 바칩니다.
당신같이 생각 많은 사람이 여기 한 명 더 있어요.
재밌게 읽으세요.

차례

3장 ✦ 침착하게 사랑하기

4장 ✦ 길은 느리거나 빠르게 걸을 수밖에 없다

5장 ✦ 인스타그램에도 절망이 있다

1장

일기에도
거짓말을
쓰는 사람

일기에도 거짓말을 쓰는 사람

일기에도 거짓말을 쓰는 사람이 있을까? 있다. 내가 그렇다. 나는 아무도 안 보는 일기에 거짓말을 쓴다. 내가 딱히 습관적인 거짓말쟁이여서 그런 건 아니다. 일상과 생각을 가감 없이 말하는 게 힘들어서 그렇다. 아무도 안 보는 일기 앞에선, 정말 솔직해져야만 할 것 같다. 내가 일기를 쓰면 일기에 내가 쓰는 활자가 적히기 때문에, 아무도 안 보는 일기를 쓴다는 건 오로지 그 일을 위해서 하는 거기 때문에, 나는 받고 싶지 않은 고백을 받는 사람처럼 조마조마해지고, 결국 거짓말을 하게 된다.

아무도 안 보는 일기에 내가 주로 적는 건, 누군가를 좋아한다는 말이다. 누군가가 했던 말, 누군가와 겪었던 장면을 적고 내가 그 사람을 좋아하며 그 사람이 잘되기를 바란다고 적는다. 이렇게 하지 않으면 내 주변에 있는 사람들이 미워서 견딜 수가 없다.

죽은
사람

죽은 사람의 글은 더 꼼꼼하게 읽힌다. 특히 그의 일생과 관련하여.

내가 죽어도, 내가 살아 있는 것처럼 사람들이 내 글을 대충 읽어주면 좋겠다. 다음 작업을 기대해주면 좋겠다.

반대로 내가 살아 있을 땐, 죽은 사람처럼 나를 꼼꼼히 읽어주면 좋겠다. 이 사람이 어째서 죽게 되었는지, 이 사람이 죽기 전에 무엇을 썼는지, 보아주었으면 좋겠다.

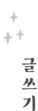

글
쓰
기

　어떤 슬픔은 슬프다는 말로는 모자라서 꼭 시를 한 편 써야
했다. 어떤 경험은 사실이라는 말로는 버거워서 꼭 픽션으로 써
야 했다.

　더 이상 입을 열기 싫을 때, 입을 열 수 없을 때, 거짓말이라도
좋으니 무슨 말이라도 해보라고 백지가 나를 다독였으므로 나는
썼다.

　쓰다 보면, 슬픔과는 무관한 감정이, 내가 겪지 않은 경험이 나
올 때도 있었다.

재밌었다.

위로가 되었다.

다른 사람에게도 위로가 되면 좋겠지만, 기쁨, 슬픔, 당혹스러움, 싫음, 모르겠음, 알겠음, 그만 읽고 싶음, 끝을 보고 싶음, 끝나지 않았으면 좋겠음……까지 느끼게 된다면 더 좋겠다.

실은

나는 글을 통해 무언가를 성취하고자 하는 사람이 싫다. 아니 싫다기보다는 그냥 정말 그 성취를 위해서 쓴 거냐고 묻고 싶어진다. 예컨대 "이러한 소외된 계층들의 모습을 그려서 그 계층들의 삶을 조금이나마 비추고자 했습니다"라든가 "이러한 방식을 사용해 문학계에 새로운(혹은 너무나도 낡은) 글쓰기를 보여주고 싶었습니다"라든가…… 그리고 그 사람들은 대개 나에게 이렇게 묻는다. "뭘 위해서 썼어요?" "뭘 보여주고 싶었어요?"

아, 저는 쓰고 싶어서 쓴 건데……(속으로 생각: 제가 그럴 거면 사회복지학과를 가거나 연구를 했지 왜 여기 앉아 있겠나요.)

문학 전공으로 대학을 진학하며 합평 수업에서 나 역시 그런 질문을 해왔다. 쓰고 읽는 기술을 익히는 데 합평 수업은 큰 도움이 되었다. 그러나 나는 합평 때 얻을 수 있는 중요한 기술 중 하나로 이것도 있다고 생각한다. 바로 한 귀로 듣고 한 귀로 흘리기. 대강 들으라는 관용어로서의 표현은 아니다. 어떤 측면에서는 의견을 들어두어야 하지만 다른 측면에서는 무시할 줄도 알아야 한다는 뜻이다. 그렇게 듣고 흘리고의 과정을 거치면, 모두가 하지 말라고 해도 자신이 하고 싶은 것이 무엇인지를 알게 된다.

내가 알게 된 건, 내가 운동 같은 글을 좋아한다는 것. 다이어트 목적 말고 그냥 생각을 정리하고 싶어서 걷는다거나 기뻐서 혹은 괴로워서 달린다거나. 헤엄치기 수축하기 팽창하기 등등. 그러니까 말 그대로 운동. 성과를 목표로 두는 순간 사람은 조급해지고 그 조급함은 모든 선택에 영향을 줘서 결국 삶을 조금씩 앗아간다. 구질구질해진다. 나는 어떻게든 명명되고 싶은 마음에 스스로를 쪼개면서 살아왔다. 착한 딸, 평범한 아이, 고학력자, 화목한 가정, 개념녀, 나의 이름 자체.

그러나 이제 나는 하고 싶은 걸 하려고 한다. 별거 없음이나 솔직함이나 담담함 마구잡이 나는 그런 게 좋다. 교훈 없음이 좋다. 나는 어렸을 때부터 책도 많이 읽고 독후감도 멋지게 쓰는 학생이었지만 사실 내가 독후감에 쓰고 싶었던 내용은 '이것에서 무엇을 알 수 있고 무엇을 얻어낼 수 있다' 이런 게 아니었다.

그러니 나는 말하고 싶은 것을 말하겠다.

언젠가 잠에 들 때

잠자리에 누웠다. 오늘은 글렀다. 무엇이 글렀느냐 하면 우선 오늘의 삶이 글렀다. 오늘의 계획은 이랬다. ① 소설 두 편 읽기(과제) ② 쪽글 한 편 쓰기(과제) ③ 중간고사 공부 ④ 너무 우울하지 않은 시 한 편 쓰기 ⑤ 병원 가기 ⑥ 방 청소하기(적어도 바닥에 널려 있는 수건들은 다 치우기)

여섯 개 중 제대로 성공한 게 하나도 없다. 그렇다고 모든 걸 포기한 건 아니다. 일을 하지는 않았지만 오전엔 이 일들을 해야 한다는 부담감, 오후엔 이 일들을 하지 못하고 있다는 죄책감에 시달렸다. 깔끔하게 차라리 다 던져버릴 만한 깜냥이 부족한 관계로, 죽음도 글렀다.

이런 생각할 시간에 일어나서 바닥에 널려 있는 수건들을 다 치우면, 적어도 계획 중 0.5개는 달성할 수 있을 텐데. 그러나 씻고 침대에 누웠으니 그 계획은 모두 내일로 이월이다. 사실, 24시가 지났으므로 내일은 이미 와버렸지만. 잠들기 전까지는 오늘이라고 부르는 것이 인류의 관례니까. 트위터에 들어가서 아직까지 오늘을 붙잡고 있는 사람들을 구경한다.

굳이 이해를 요하지 않는 푸념과 아무 말을 훑으며 마음을 누른다. 그런 와중에도 마음을 비집고 들어오는 사건들(연대를 요구하는 해시태그, 국민 청원 링크)이 있어 서글퍼지기도 한다. 숟가락 위에서 잠든 햄스터를 조심조심 옮기는 영상을 보며 귀여워하다가, 동물 채널을 운영하던 유명 유튜버가 동물학대를 했다는 소식을 읽으며 더 이상 무엇도 보고 싶지 않아진다. 그래서 트위터를 끄고, 눈을 감고, 잠을 청하다가,

다시 켠다. 잠깐 동안 무척 공포스러운 기분이 들었으므로, 이번에는 아무것도 보지 않기 위해 아무거나 본다. 과일이 서서히 작아지는 장면을 이어 붙인 영상이나 저예산 코스프레 사진 같은 것들을.

그러나 나는 언젠가

✻

아침이다. 어제 미뤘던 계획을 책임져야 하는 오늘이기도 하다. 나는 사무보조 아르바이트를 하며 이 글을 틈틈이 쓰고 있다. 밤에 떠올렸던 문장들을 이어붙이고 있다. 잠들기 전엔 늘 무언가를 돌아보게 되는데, 그게 과거인지 미래인지 모르겠다. 그래도 지금은 아침이니까, 새벽보다는 조금 밝아진 마음으로 이렇게 문장을 이어본다.

그러나 나는 언젠가 마주 보게 될 것이다. 왜냐하면 지금 이 밤의 기분을 글로 쓸 거고, 쓰다 보면 모른 척할 수 없어질 테니까. 1페이지에서는 모른 척하더라도 2페이지에서는, 3페이지에서는, 마지막 장에서는 말해야 할 테니까. 설령 내가 다 말하지 않더라도 책장을 덮은 독자들이 내게 말해주지 않을까? 내가 보고자 했던 것을. 그런 믿음으로 내가 써온 글과 내가 쓰게 될 글을 그려보며 잠에 든다.

멋지다. 그냥 멋진 척인 것 같기도 하지만. 어느 쪽이든 이런 마음으로 계속 쓰다 보면 육십 살쯤에는 정말이지 대단한 글을 쓰게 될 수도 있을 것 같다. 그때도 밤에 핸드폰을 놓지 못하고 작은 사물들을 구경하며 기쁨을 느끼고 내가 어떻게 할 수 없는 큰 사건들에 슬픔을 느끼며 창을 껐다, 켰다 할 수도 있겠지만. 그때 쯤이면 밤에 핸드폰을 만져도 안구가 상하지 않는 기술이 나왔을 수도 있겠다.

여기까지 적고 나니 마주하게 된 사실 하나가 있다. 그것을 메모해놓으며 글을 마친다. 다음엔 더 잘 쓸 수 있을 것이다.

나는 하루하루는 살기 싫어도 먼 미래에 걸고 있는 기대가 조금이라도 있고, 먼 미래에서 나의 하루하루를 지속할 수 있는 어떤 이유를 얻기를 바란다.

시 작 노 트

내가 할 수 있는 말과 내가 할 수 없는 말을 구분하는 데 지쳤다. 무엇이든 다 말해버리고 싶고, 아무것도 말하고 싶지가 않다. 그러나 무엇이든 다 말하려다가도 문득 입을 다물게 되는 순간이 있고, 아무것도 말하지 않으려다가도 불쑥 말이 튀어나오는 경우가 있다. 나는 어떻게든 말하게 될 것 같고, 어떻게든 말하지 못하게 될 것 같다. 막막하다. 너무 좁은 방에서 너무 많은 물건을 정리하고 있는 기분이다. 그럼에도 불구하고 물건들을 이리저리 옮겨보고 싶다. 잠깐이더라도 마음에 드는 배치를 발견하고 싶다.

圈

　나는 창가에 앉아 친구와 오목을 두고 있다. 판도 알도 없이 두고 있다. 종이에 볼펜으로 눈금을 쳐서 판을 만들고, 샤프로 알을 그려서 두고 있다. 한 판이 끝나면 지우개로 알만 지우면 된다.

　어째서 오목을 두고 있느냐, 하면 나는 고등학교 2학년이고 지금은 자습 시간이기 때문이다. 오목은 머리를 쓰는 게임이니, 이것도 자습의 일종 아닐까? 헛소리란 걸 알고 있지만 입시 준비와 멀어지고 싶었다. 이제 추수철이고, 곧 있으면 3학년이니까. 그러나 딴짓을 한다고 걱정이 사라지는 건 아니다.

내가 서울권으로 갈 수 있을까.

대각선으로 뻗어나가는 친구의 수를 막으며 생각했다. 서울
권. 圈. '책 권券'을 '에워쌀 위口' 안에 넣은 모양. 무엇에 에워싸
여 있는지가 중요하다고, 서울권으로 대학을 가야 하는 이유는
그 때문이라고 선생님들은 늘 말씀하셨다. 서울로 대학을 간다
는 건 서울에서 20대 초반을 보내게 되는 거라고. 그때 생활하고
만나는 사람들을 결정짓는 거라고. 너희는 지금 우물 안 개구리
라고.

그럼 선생님들은 왜 서울로 안 가실까?

그런 질문을 실제로 던질 만큼 철없지는 않았지만 사람은 서
울로 가야 한다는 이야기를 곱씹다 보면 의문이 들었다.

그럼 지금 여기 있는 사람들은 뭔데요?
여기가 탈출해야 마땅한 곳이라면, 지금 여기 이 장소에 놓인
것들은 뭔데요?

나는 창가를 바라봤다. 우리 학교는 논에 둘러싸여 있다. 이제

추수철이고, 벼들은 거의 심황색이다. 바람이 불 때마다 벼들이 부드럽게 누웠다가 서기를 반복했다. 그러면서 논이 리드미컬하게 어두워졌다가 밝아졌다. 벼들이 뒤채는 소리. 파도 소리 같다고들 하는데 파도 소리보다 더 가볍다.

　- 네 차례야.
친구가 나를 툭 치고 입 모양으로 말했다.
　- 너 어디에 뒀어?
공책 한편에 내가 적었다.
　- 안 알려줘.
친구가 이어서 적었다.

내가 알들을 한참 바라보고 있으니 친구가 알을 둔 자리를 샤프로 집어주었다. 곧이어 쉬는 시간을 알리는 종이 울렸다. 아이들 몇몇이 기지개를 켜고 일어나 대화 상대를 찾으러 교실을 떠났다. 나는 다음 수를 뒀다.

열린 3목이었는데 친구가 그것을 막지 않고 다른 곳에 수를 뒀다. 4-3이었다. 깔끔하게 졌다. 총 스코어는 1:1이었고 우리는 승부사였기 때문에 자동으로 한 판 연장되었다.

차라리 이기고 지는 문제라면.

그럼 조금 더 집중할 수 있을 것 같은데. 사람들이 현생이라고
부르는 것들에. 스펙이 될 만한 공부를 하고 일을 하고 돈을 벌고
서울에 안착하는 그런 것들에……

나는 눈금 위에 알을 그려 넣었다. 눈금으로 만들어진 칸칸을
보며 '에워쌀 위□'와 '우물 정#'의 차이가 뭔지 고민할 수도 있
었겠지만. 막판을 이기는 게 중요했기 때문에 그 순간에는 나와
친구가 두는 수 생각만 했다.

口

스무 살의 나는 홍대에 있다. 성인이 되고, 서울에 간다면 꼭 해보고 싶은 일이 있었다. 바로……

레즈클럽 가기.

나는 두 다리만 건너면 다들 아는 사이인 소도시에서 자랐다. 그 안에서 동성연애를 한다는 건, 아니 그 전에 성정체성에 대해서 누군가에게 털어놓는다는 건 있을 수 없는 일이었다. 나는 기억하고 있다. 중학교 시절, 컴퓨터실로 향하는 계단을 올라가고 있을 때, 어떤 친구가 계단을 뛰어 내려오면서 "야, ○○○(여러분 친구의 이름을 넣으세요), 여자랑 사귄대. ○ ○(여러분 동네의 여중 이름을 넣으세요)여중 애랑. 미친 거 아니야? 걔 진짜 뭐야?"라고 거의 소리치듯 친구들에게 떠들던 일을.

소문도 소문이지만, 두 다리 건너면 다들 아는 사이끼리 사귀게 된다는 것도 문제였다. 나는 나의 친구들과 「사랑과 전쟁」을 찍고 싶지 않았기 때문에, 그건 정말 끔찍한 시트콤이 될 것이기 때문에. 나는 연애감정은 접어두고 헤녀우정*을 즐겼다. 나는 대도시로 간다면 사랑(이든 뭐든 내 또래의 퀴어 여성)을 찾아보기로 했고 그리하여 서울, 홍대 9번 출구로 향하게 된다.

홍대 9번 출구는 사람이 너무 많았다. 지나치게 많았다. 9번 출구로 올라가는 계단은 거의 유수풀이다. 인파에 섞여 둥둥 밀려 나가다 보면 지상이 보인다. 이 많은 사람은 어디서 나와서 어디로 가는 걸까, 궁금하면서도 궁금하지 않았다. 나는 KFC 앞에서 '[서울] 오늘 홍대에서 술 마시고 클럽 갈 분! 지금 2명 있어요'를 올린 사람을 찾았다. 그들은 내게 번개가 처음이냐고 물었고, 나

---

* 이성애자(heterosexual) 여성끼리의 우정을 줄여 부르는 은어. 우정 그 자체를 의미하기도 하나, 여성들끼리 애정 어린 스킨십을 하거나 동성 친구에게 깊은 감정을 품게 되어도 '여성끼리의 우정'으로 분류되는 친구 관계를 표현하기도 한다.

는 그렇다고 했다.

우리는 여성 전용 술집으로 갔다. 총 인원은 여섯이었다. 방이 있는 안쪽 공간에 착석했다. 넓은 홀에선 테이블을 여러 개 붙여놓고 대규모 모임을 하고 있었다.

흡사 '누구 주전자에 손 닿는 사람?'으로 유명한 「방가방가 햄토리」 사진 같았다. 그 사진엔 햄스터들이 둥그런 테이블에 둘러 앉아 있다. 그리고 테이블 중앙엔 주전자가 하나 있는데, 햄스터들은 모두 팔이 짧아 주전자에 손이 닿을 것 같지 않다. 그래서 유행하게 된 사진이다. 대규모로 둘러앉은 사람들은 햄토리만큼 귀엽지는 않았다. 저렇게 대규모로 대화가 되나? 어쩌면 그 주전자가 '성공적인 동성애'인지도 몰랐다. 그러나 소규모 인원인 우리테이블이라고 대화가 잘되는 건 아니었다. 번개 경험이 많은 세사람이 대화를 거의 이끌어갔고, 나를 포함한 나머지는 다소 삐걱거렸다. 이상형이 어떻게 돼요? 정체성 언제 깨달았어요? 연애 경험은? 같은 질문들이 오갔다.

　　다들 말을 편하게 하기로 했고, 취기가 올라올 쯤이었다. 일찍 만난 탓에 클럽에 가기는 조금 이른 시간이었다. 여기서 더 마실지, 2차를 갈지 고민하고 있던 차였다. '전 여친이 ○○(여러분이 아는 여성 전용 술집을 넣으세요)에서 일해서 ○○은 안 가고 싶다'고 누군가가 말했다. 그때 또 다른 누군가가 멋쩍게 웃으며 이야기했다.

　　"누군지 알겠다. 내 지인이야, 걔. 사실 우리 예전에 잠깐 본 적 있는데 기억나지?"

　　"아, 맞아, 기억나. 근데 괜히 어색해질까 봐 모른 척하고 있었어."

　　"그런 것 같더라. 사실 여기 몇 다리만 건너면 다 아는 사이고. 다 전 여친의 전 여친이고."(쓴웃음)

　　"아, 혹시 그분이랑 사귀었……?"

　　"아, 아뇨, 그런 건 아니고요."

　　"왜 갑자기 존댓말 써."

　　"아, 갑자기 불편한가 봐."

　　대체 뭐가 웃긴 건지 우리는 웃으며 이 세계의 좁음에 대해서 떠들었고, 레즈들끼리는 지인이 너무 소중해서 친구가 되기 전에 빨리 연애를 해야 한다, 연애하다 깨지면 이렇게 되니까, 이런 말과 함께 술을 한 병 더 마셨다.

레즈클럽에 도착해서도 비슷한 일은 이어졌다. 아는 사람에게 인사를 하거나 아는 사람이 있어서 도망쳤다. 나는 아는 사람이 아무도 없어서 다소 혼란스러운 시간이었다. 레즈클럽에 가면 탈반할 용기가 생긴다던데 나 역시 그런 생각의 시간을 잠깐 가졌다.

그러나 그럼에도 불구하고 또래 여성 퀴어들과 실컷 떠든 게, 그러한 여성들에게 둘러싸여 술을 마시고 춤을 춘 게, 새벽 홍대와 신촌의 절반은 레즈다,라는 농담을 하며 밤거리를 걸어 다닌 게 다른 무엇으로는 채울 수 없는 어떤 충족감을 가져다주었다.

이따금, 계단을 내려오며 한 친구가 "개 여자랑 사귄대. 미친 거 아니야?"라고 말하던 장면이 머릿속을 지나간다.

지나가지 마,

나는 그렇게 생각한다.

지나가지 마, 지나가지 마. 붙잡아!

붙잡아놓고 따지고 싶다. 친구가 남자랑 사귈 때도 그렇게 이야기했어? 그게 왜 미친 거야? 물론, 왜 이런 헤드라인으로 이 일을 특종처럼 뽑았는지, 한 사람의 뉴스보이에게 묻기는 힘들 것이다. 나는 그가 가져온 신문, 신문이 발행되는 신문사, 신문사가 위치해 있는 도시를 떠올린다.

도시는 내가 상상할 수 있는 범위를 넘어설 만큼 커다랗다. 그리고 그 도시의 어떤 술집에서, 어떤 사람들이 모여서 이야기하고 있다.

이 세계는 너무 좁아요.

도시가 허락한 바닥만큼만, 딱 그 위에서만 말을 한다. 거기서 나와서 이 세계는 너무 좁아요, 다시 말하면

좁긴 뭐가 좁아, 너희가 그렇게 떠들고 있는데.

다시 신문이 발행된다.

아직 멀었다. 최근에 나온 뉴스들을 보며 생각한다.

내가 도시에 도착하기까지, 아직 멀었다.

원하던 대로 서울에 왔고 원하던 대로 레즈클럽도 가봤는데 나는 아직 내가 다른 곳에 있는 것 같다.

또래 여성 퀴어들과 실컷 떠들면서, 여성들에게 둘러싸여 술을 마시고 춤을 추면서, 새벽 홍대와 신촌의 절반은 레즈다,라는 농담을 하며 밤거리를 걸어 다니면서 다른 무엇으로는 채울 수 없는 어떤 충족감을 얻었지만,

동시에 내가 무언가를 박탈당했다는 사실을 알게 되었다. 나는 아직도 어떤 우리 근처를 서성이고 있다.

井

피터팬. 직방. 다방. 어떻게 된 일이야. 내 집이 있다며! 구해준다며!

서울에 내가 살 수 있는 집은 없었다. '사다'와 '살다'를 모두 포함해서. 전세는 5평짜리라도, 아무리 싸도 4,000만 원이었고 월세를 찾아보면 내가 한 달에 감당할 수 있는 돈이 아니었다. 나는 대학교를 졸업할 때까지 기숙사에서 살기로 부모님과 합의했다.

그러나 기숙사는 3인 1실에다가, 녹물이 나오고, 천장은 한 번 더 덧대어진 것인지 2층 침대에 올라가면 마치 관에 누워 있는 느낌이었다. 그래도 나는 이 가격에 이 정도면 살 만하다, 스스로에게 세뇌하며 살았다.

툭…… 뭔가 떨어지는 소리가 방 안에서 종종 들렸다. 툭…… 툭…… 정체를 확인하고 싶지 않았지만 가만히 둘 수는 없었다. 나는 툭…… 소리의 정체를 찾았고 그것은 바퀴벌레였다. 제발……. 그레고르 잠자라고 생각하자. 죄송합니다, 잠자님. 잠들어주세요. 그런 부탁이 통할 리 없었다. 룸메이트 언니가 두려움에 떨고 있는 나 대신 바퀴벌레를 잡아주었다.

그다음은 지역 학사에 살게 되었다. 2인 1실이었다. 내 방은 세탁실 옆이었고 내 책상 옆 창문은 세탁실과 연결되어 있는 이상한 구조였다. 창이 열리지 않았다. 그래도 나름 살 만했으나 통금이 12시였다. 11시가 좀 넘으면 전화가 와서 사감이 "너 지금 어디야" 하고 물었다. "일찍일찍 다니라고 했을 텐데"라는 말도 덧붙였다. 사감은 단톡방에 가끔 TV조선 영상을 올렸다. 룸메이트 언니는 화장실에 매일매일 머리카락으로 공을 만들어놓았다. 귀여운 인형을 많이 가지고 있는 언니였지만 머리카락 공은 귀엽지 않았다. 될 대로 되라, 나도 청소를 제대로 하지 않았다.

아 씨발 나는 왜 이렇게 가난해서 이딴 곳에 살아야 할까.

이게 내 진심이었다. 이렇게 글로 쓰고 나니까 후련……하지는 않다. 정확히 말하면 나는 아주 가난하지도 않다. 지금은 빚에 허덕이며 살지도 않고(부모님이 나 몰래 숨겨둔 빚이 없다면 말이다) 네임밸류가 있는 대학에 들어온 덕에 다른 알바보다 시급이 높은 과외를 할 수가 있다. 그러나 자취를 하게 되면 빚을 내야 한다. 서울에서 구할 수 있는 7~8평짜리 방은 나의 본가보다 비싸다.

결국 한 학기를 휴학하기로 했다. 그것 외에도 휴학의 이유는 많지만 한 학기 동안 본가에서 온라인 과외를 하며 돈을 모으는 중이다. 서울에서 살지 않는 것만으로도 모을 수 있는 돈이 꽤 된다. 다음 학기에는 자취를 할 예정이고, 빚을 내지 않을 만큼 돈을 모을 수 있다면 좋겠다.

언젠가 연극하기 수업에서 서울 석관동에 관한 연극을 만든 적이 있었다. 여러 가지 제안이 나왔는데 재개발과 관련하여, 집에서 쫓겨난 사람들에 대하여, 돈과 가난에 대하여 의견을 낸 학우들이 있었다.

그들은 집에서 쫓겨난 적이 단 한 번도 없을 것 같았다.

나는 그때 창문을 깨고 교실을 뛰쳐나가는 상상을 하곤 했다.

수도권에서 아파트키즈로 자란 친구들에게, 제발 가난에 대해서 함부로 떠들지 마, 제발 그러면서 짐짓 심각한 표정 짓지 마, 말하고 싶었다. 그러나 가난 배틀은 좋은 의견 교환이 아니다. 그리고 그들이 정확히 어떤 삶을 살아왔는지 모르니까 그렇게 말할 순 없다. 어쩌면 정말로 쫓겨난 적이 있을 수도 있어. 그리고 당사자여야만 그 이야기를 할 수 있는 것도 아니야. 나는 머리에 힘을 줬다. 그리고 "그 정도 의견으로는 그 주제를 못 다룰 것 같아요" 정도로 내 의견을 전달했다.

서울에서 나고 자란 친구들과 대화하다 보면 나는 '정중지와井中之蛙'라는 말을 다시 생각해보게 된다. 선생님들이 그토록 말했던 성어. "여기는 우물이야, 더 큰 곳으로 가야 해." 그러나 나는 서울이야말로 견고하고 높은 벽을 가진 우물 같다. 서울에서 나고 자란 사람들은 어릴 때부터 "너네는 우물 안 개구리"라는 말을 수없이 들어보았을까. 식견을 넓혀야 하는 쪽은 어느 쪽일까.

우물 안 개구리.

선생님, 저희는 개구리가 아니에요. 우물 벽은 여기에 있는 게 아니에요.

　나는 오래도록 이 말을 하고 싶었다.

프로듀스 101

논밭으로 둘러싸인 한 시골 여자 고등학교 교실에서는 나야 나, 나야 나-가 흘러나오고 있었다. 우리는 이과반 교실에 모여 「프로듀스 101」 시즌2를 보았다. 여자를 좋아하는 나는 별 관심이 없었지만……이라고 말하기에는 나도 관심이 있었다. 매일 쉬는 시간마다 아이들은 「프로듀스 101」의 클립영상을 돌려 봤고 나는 「프로듀스 101」에 스며들기 시작했다.

스며들 수밖에 없는 프로그램이었다. 지금은 조작으로 밝혀졌지만 「프로듀스 101」에 우리는 진심이었다. 친구들은 각종 홍보

물을 만들어서 교실 뒤편에 붙여놓기도 했다. '우리 ○○이에게 소중한 한 표 부탁드립니다.' 누군가의 좌절, 누군가의 오만, 누군가의 배려⋯⋯ 그것들을 다 보고 난 후 다음에 살아남을 누군가를 내가 선택할 수 있다는 사실은 경쟁사회를 살아가는 우리에게 달콤한 착각을 느낄 수 있게 했다. 등수가 발표될 때마다 우리는 진짜 프로듀서라도 된 듯 쟤는 떨어질 만했지, 쟤는 올라갈 만했지, 그래도 얘가 떨어지는 건 너무한 것 아니냐, 하는 이야기에 열을 올렸다.

그리고 다시 종이 울리면 각자 자리로 돌아가 공부를 했다. '제발 붙여주세요.' 다이어리에 붙여놓은 대학교 로고 스티커를 만지작거리며, 우리는 문제집을 풀었다.

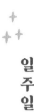

일
주
일

야간자율학습실에 있는 독서대가 일제히 덜컹였다. 아이들 몇 명이 놀라 일어났다. 덜컹임은 멈추지 않았고, 우르르, 금방이라도 무너질 듯한 소리가 학습실을 울렸다. 우리는 학습실에서 허둥지둥 빠져나와 운동장에 모였다.

2017년 11월 15일. 포항에서 규모 5.4의 지진이 발생했다. 다음 날은 수능이었고, 나는 고3이었다. 상가의 창문이 통째로 무너져 내리는 영상이 인터넷에 떠돌았다.

수능 열두 시간 전, 수능이 일주일 연기되었다.

테런*할 사람?

시끌벅적한 고3 단톡방에 친구 한 명이 이런 메시지를 보내 왔다. 멘탈이 날아간 나는 오랜만에 테런에 접속했다. 게임 속 캐릭터는 번개를 피해가며 신나게 달렸다. '분노 폭발이야!'를 외치며 아주 빠르게 뛰어가기도 했다. 우리는 그날 밤늦게까지 모니터 속에서 달리고 또 달렸다.

그러나 실제의 나는 달릴 수가 없었다.

다음 날 학교로 등교해 책상에 앉으며, 다시 펼쳐보지 않을 것 같았던 문제집을 펼쳤다.

내 생애 가장 기나긴 일주일이 시작되었다.

왜 수능을 미뤄?

포항과 멀리 떨어진 지역에 사는 학생과 학부모들이 불만을 표하기도 했다. 그러나 경북에 사는 나로선 수능 연기를 납득할 수밖에 없었다. 지진을 몸소 느꼈고, 경북에 위치한 학교 곳곳의 시설물에 문제가 있었기 때문에 일주일 연기는 합당한 선택이라 여겨졌다. 그러나 일주일 뒤에 또 지진이 일어나지 않는다는 보

---

* 테일즈 런너. (주)라온엔터테인먼트에서 제작한 달리기 게임.

장이 있을까…….

　결국 난 수능을 망쳐버렸다. 꼭 그 이유 때문은 아니었지만.
　그리고 일주일 동안, 지방에서 일어난 재난에 수도권 사람들이 얼마나 무심한지 알게 되었다.

　독서대가 덜컹이던 순간, 당황한 아이들과 선생님의 움직임, 울음, 그런 것을 나는 아직 기억하고 있다.

졸업식

아무도 없는 백사장을 우리만 걷고 있다. 자갈치칩을 먹으면서. 오늘은 졸업식날. 우리는 마지막으로 교복을 입게 되었다.

바다에 가자.

내가 즉석으로 던진 말에 친구 두 명이 함께해주었다. 우리는 기차를 타고, 월포역으로 갔다. 월포역은 포항 월포해수욕장 근방에 있는 작은 역으로, 지금은 리모델링을 했지만 우리가 갔을 땐 정말이지 간이역 같은 허름한 모습이었다.

허름한 역에 내려 해수욕장까지 걸으며 친구들이 무슨 생각을 했는지 나는 모르지만, 나의 경우 천천히 마음을 정리했다. 이제 더 이상 고등학생이 아니게 되었구나, 이제 새로운 곳으로 가는구나.

근처에 있는 편의점에 들러 과자 몇 개를 샀다. "어디서 온 거예요?" 편의점 사장님이 물었다. "영천이요. 졸업식 끝나고 왔어요." "그래? 이제 곧 대학 가겠네. 어느 대학 붙었는지는 내가 안 물어볼게!" 사장님이 너스레를 떨었다. 우리는 웃었다. 우리 셋은 모두 원하던 대학에 합격했기 때문이다.

편의점에 들른 후 아무도 없는 백사장을 걸었다. 아쉬움과 설렘을 동시에 안고 조용히 밀려오는 파도를 바라보았다. 자갈치칩은 맛있었고, 바람이 편안하게 불어왔다.

백사장을 걷다 보니 군데군데 세 갈래로 갈라진 작은 자국들이 남아 있었다. 우리는 그 자국이 무엇인지 한참 고민하다 정답을 알아냈다.

작은 새가 남긴 발자국이었다.

그 궤적을 바라보며 저게 무엇일까, 이야기하던 우리가 종종 떠오른다.

그러면서 그 작은 궤적이, 함께 청소년기를 보낸 우리의 궤적과 닮았다고, 종종 생각한다.

　작지만 자국이 남는. 어딘가로 종종종 걸어가는.

양손

양손을 자르고 거실 바닥에 누웠다. 양손이 고양이를 쓰다듬는 것을 보았다. 양손이 마루를 닦는 것을 보았다. 양손이 썩은 사과를 버리는 것을 보았다. 양손이 티브이를 켜고 채널을 돌리다가 결국엔 끄는 것을 보았다. 양손이 커튼을 치는 것을 보았다. 어두워진 내 얼굴을 만지며 양손이 물었다. 태어나지 않은 너에 대해 생각하고 있니? 나는 답했다. 아니. 태어나지 않은 부모에 대해 생각하고 있어. 양손은 내 머리를 빗어주었다. 양손, 태어날 때 내 부모가 너를 제일 먼저 확인했지. 양손, 그런 게 다 무슨 소용일까. 양손은 나를 일으켜 세우려고 했지만 나는 양손보다 훨씬 무겁고. 다녀올게, 그럼. 양손이 문을 열었다. 나는 양손에게 손을 흔들어주고 싶었지만 그러지 못했다. 닫힌 문에서 고개를 돌리자 온몸이 가려워진다.

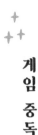

게임 중독

나는 게임이 좋다. 내가 맡아야 할 역할이, 달성해야 할 목표가, 물리쳐야 할 적이, 함께해야 할 팀이 명확하게 나뉘어 있는 게 좋다. 그럼 나는 다른 생각을 하지 않고 목표에 몰두하며 우리 팀과 함께 적을 물리치면 그만이다.

내가 가장 오랫동안 한 게임은 라이엇 사의 「리그 오브 레전드」다. 리그 오브 레전드는 PvPPlayer vs Player 게임으로, 다섯 명씩 팀을 지어 상대방의 넥서스(건물)를 파괴하면 이기는 게임이다. 넥서스를 파괴하기 전엔 쌍둥이 포탑을 파괴해야 하고, 쌍둥이 포탑을 파괴하기 전엔 억제기를 파괴해야 하고, 억제기를 파괴하기 전엔 다른 포탑들을 파괴해야 한다. 그러기 위해선 적들을 죽여야 한다.

언젠가는 게임을 온종일 하다가 코피가 난 적도 있다. 나는 코피를 닦으며 생각했다. 아, 나 정말 현실에서 도망치고 싶구나.

현실에서 도망치고 싶어 게임을 자주 하게 된다는 이론에 완전히 동의하지는 않지만(게임은 우선 재밌으니까 하는 거다!) 내가 게임을 하는 목적에는 현실 도피 심리도 어느 정도 포함되어 있었다.

현실감각을 무디게 하면서 게임 속으로 빨려 들어가면 내가 해야 할 일만이 명확하게 남으니까.

그럼 나는 그 순간에 그 공간에서 쓸모 있는 인간이 되니까.

지금은 그때만큼 게임을 열렬히 하지 않는다.

게임을 한참 하고 끄고 났을 때의 공허함과 피곤함을 더는 느끼고 싶지 않다.

고독한 스파이

범죄조직에 들어가고 싶다는 마음은 어디서 발생하는 걸까. 어린 시절의 모두가 그랬듯이 나 역시 어렸을 땐 범죄조직의 일원이 되고 싶었다. 스파이, 같은 것.

첫 번째 문장을 의문문으로 적었지만 나는 그 마음이 어디서 발생하는지 알고 있다. 권태로우니까. 반복되는 하루하루가 지겨우니까. 수많은 사람 중에 내가 고독한 스파이고, 수많은 사람들 중에 내가 암살해야 할 또 다른 고독한 스파이가 있다면 어떨까. 서로를 죽이려다가 사랑에 빠지면 어떨까.

이런 망상은 즐겁고 괴롭다. 나는 스파이가 아니니까. 스파이의 표적이 될 일도 없으니까(그러나 대문호가 되어 정치적인 글을 써댄다면 어떨까? 나는 또 망상을 시작하고 있다).

일상의 소중함, 을 아무리 외쳐도, 내 인생이 영화라면 잔잔하고 지루한 일일극보다는 스릴 넘치는 액션코미디가 되는 쪽이 더 매력적이다. 남들이 흔히 겪는 불행, 오늘 하루도 괜찮아, 이런 도닥임 말고 슝, 와장창, 펑, 하는 수류탄 투척이 필요하다.

그러니 여기 망상을 이어가봅니다. 저는 사실 고독한 스파이입니다. 저를 암살하실 분? 그러다 저와 사랑에 빠지실 분?

텐
텐

찬장 어딘가에 텐텐*이 있어. 그런 것은 비밀이 될 수 있다. 일곱 살 때 나는 텐텐의 맛을 좋아했고 텐텐은 한 번에 한 개만 허용되었으므로 나는 텐텐을 마구잡이로 먹을 수 없었다. 그래서 엄마는 찬장에 있는 오목한 접시 밑에 텐텐을 숨겨두었고 그것은 비밀이었다. 비밀이므로 나는 텐텐을 더 먹고 싶었고 비밀이므로 장소를 알아내고 싶었지만 구태여 찾아내어 다 먹어버리고 싶지

---

* 한미약품에서 판매하는 비타민, 순환기영양제 '텐텐츄정'. 다홍색, 딸기향, 사각 또는 타원형의 씹어 먹는 정제.

는 않았다. 한 번에 하나만 허용된 텐텐. 소중한 기분을 해치고 싶
지 않았다.

반면 차도하는 텐텐과 달리 비밀이 될 수 없다. '차도하는 비밀
이 많은 여자다.' 이런 식으로 적으면 매력적인가? 다시 말하지만
차도하는 지구에서 비밀이 될 수 없고, 비밀이 많은 여자도 마찬
가지다. '차도하는 비밀이 많은 여자다'에서 비밀인 것은 비밀뿐
이므로 차도하는 텐텐처럼 될 수 없다. 그래서 차도하는 꽤 우울
했는데

어느 날 차도하는 텐텐과 자신이 구조적으로 똑같다는 사실을
알아챘다.

'지구 어딘가에 차도하가 있어. 그런 것은 비밀이 될 수 있다.'
이 두 문장을 떠올리고 말았기 때문이다. 오목한 접시 밑에 텐텐
이 있듯이 지붕 밑에 차도하가 있다. 그렇게 생각하자 차도하의
기분이 좋아졌다. 어쩌면 접시가 우주고 지구가 텐텐일 수도 있
다. 차도하를 포함한 사람들은 캐러멜의 끈적끈적함을 담당하는
성분일 수도 있다. 지구가 모르는 무언가가, 지구가 모르는 무언
가에게 지구를 꺼내주며

"너 이거 하루에 하나만 먹는 거다, 알지."

그러면 멸망도 기분 좋을 텐데. 차도하는 시도 때도 없이 멸망을 생각했다. 텐텐처럼, 멸망은 입으로 굴리기에 너무 좋은 발음을 가졌기 때문이다. 멸망 멸망. 하지만 지금은 비밀 이야기를 하는 중이니, 멸망은 나중으로 미루도록 하자.

언제부터 내가 차도하가 되었는가? 그런 이야기가 비밀이 될 수 있겠다. 적어도 내가 텐텐을 하루에 하나씩 먹던 시절에 나는 차도하가 아니었기 때문이다. 나는 사실 '비밀'이라고 하면,

아조씨랑 비밀 친구 할래?

가 먼저 떠오른다. 나는 이 농담을 무척 싫어한다. 어린아이가 가져야만 하는 비밀은 텐텐 말고 없었으면 좋겠으니까. 나와 내 친구들은 비밀이 많았고 그중 차도하가 있었다. 비밀이 많은 친구들 사이에서 차도하는 이따금 아주 어렸을 때를, 엄마가 하루 하나씩 텐텐을 꺼내주던 때를 생각했지만

다시 그전으로 돌아가고 싶진 않았다. 차도하가 어렸으므로,

차도하가 아직 차도하가 아니었으므로, 그때 미루고 또 미루던 일이 많았기 때문이다. 그리고 차도하는 이미 알아버렸기 때문이다. 미룬다는 건 그 일을 뚝 떼어내서 미래로 보내버린다는 게 아니고, 마감 기한을 늘리는 것이라는 걸. 그러므로 일은 여전히 진행 중이라는 걸. 따라서

멸망은 지금 진행 중이라는 걸. 그것이 지구의 공공연한 비밀이었다.

그러나 내가 하려던 비밀 이야기는 그것이 아니다. 아직 내가 언제 차도하가 되었는지는 말하지 않았다. 정확히 말하면 나는 아직 차도하가 덜 되었다고 할 수 있다. 이름을 그렇게 획득했으므로 우선은 차도하가 되기로 약속했을 뿐이다. 차도하란 무슨 인물이냐면

1. 사소한 일에 상처받지 않으며
2. 밤마다 천장을 바라보며 누군가에게 비밀을 털어놓고 싶은 기분에 시달리지 않고
3. 누군가 자신을 칼로 찌를까 봐 걱정하지 않고
4. 문 여는 것을 망설이지 않으며

5. 밤길을 정처 없이 하염없이 걷지 않고

6. 옷을 살 때 괴로워하지 않고

7. 자신을 밑 빠진 독이라고 비유하지 않는

8. 침착하게 사랑하는 양손을 가진

인물이다. 나는 차도하가 되는 걸 한참 미루고 있었다. 그런데 아까 말했다시피 미룬다는 건 그 일을 뚝 떼서 미래로 보내버리는 게 아니므로, 나는 차도하가 되고 있었고, '0.1 차도하', '0.3 차도하'라고 말하고 다닐 수는 없어서 누가 내 이름을 묻는다면 "차도하입니다"라고 답했다.

이게 내가 차도하가 된 경위이며 내 비밀이다. 차도하는 어떻게 생각할지 모르겠다. 차도하는 지금 바닥에 엎어져서 눈을 감고 멸망이 먼저 올지, 내가 차도하에게 먼저 도착할지 생각하고 있다. 영양제에 대해 생각하고 있다. 영양제는 정말 신체에 도움이 되는가. 신체는 어디까지 자라나. 잘 자란 신체는 누구에게 도움이 되는가. 신체를 가진 쪽은 나인가, 차도하인가. 옷을 입을 땐 누구에게 맞는 옷을 입어야 하나. 자꾸만 원피스를 사고 싶은 건 내 쪽인가, 차도하 쪽인가. 머리를 자르고 싶은 건. 기르고 싶은 건. 글을 쓰고 싶은 건. 차도하는 이제 슬슬 헷갈리기 시작했다.

헷갈렸지만 누가 언제 이야기를 꺼내도 웃으며 말할 수 있는 공통의 기억이 있다는 게 도하의 마음을 차분하게 했다.

예컨대 어렸을 때 먹었던 간식들. 간식을 숨겨놓은 장소. 찬장. 오목한 접시 밑. 금색 껍질. 바스락바스락. 타원형 츄잉 캔디. 따듯한 곳에 놔두면 형체를 알 수 없게 녹아내리는. 사탕. 캐러멜. 저녁 먹고 나서 하루에 하나씩. 입안에서 굴리고 씹으면 끈적하게 달라붙는. 딸기맛. 약맛. 맛있는. 키 크는 기분. 자라는 기분. 소중한 기분.

그러면 도하는 일어나서 어제 허물처럼 벗은 옷을 빨래 바구니에 넣고 세수도 하고 간식도 먹고 글도 쓰고 하는 것이다.

어른이 되면

토론대회 준비를 위해 학교에 늦게까지 남아 있는 날이 많았다. 겨우 중학생 때였지만, 토론부원과 선생님 모두 우리를 '겨우' 중학생이라고 생각하지 않았다. 토론은 사람을 여러 의견을 가지고 있는 인격체라는 걸 알게 해줬다.

토론 그 자체도 도움이 되었지만, 늦게까지 연습하며 함께 간식을 나누어 먹던 일, 선생님이 집까지 배웅해주며 이런저런 이야기를 들려주신 일은, 떠올리면 마음 한구석에서 작은 전등이 켜지는 것 같다. 오렌지색의 따뜻한 전등.

나는 그때 어른들이 어떻게 그 나이까지 살아 있는지, 그러니까 그 시간어치의 삶을 어떻게 견뎌나가는지 궁금했다. 그때 난 잘 숨기고 있다고 생각했지만 선생님은 내 마음이 커다란 호기심과 동시에 거대한 허무감으로 가득 차 있다는 걸 어렴풋이 알고 계셨던 것 같다.

"어른이 되면 계절마다 장례식장에 입고 갈 옷이 생기게 돼."

언젠가 선생님은 그런 말씀을 해주셨다.
그건 위로도 조언도 아니고 선생님이 견디고 있는 삶에 관한 말이었다.

누군가의 시간은 끝났지만 나의 시간은 흘러가는 상황 속에서, 그 시간을 잘 통과해내기 위해 식式에 관해 최대한의 예의를 갖추는 선생님을 생각하면, 내 마음속의 오렌지빛이 천천히 서늘해진다. 그 빛은 시간을 통과하기 위해 가져야 할 적절한 조도다.

스
물
셋

스물셋이 되면 죽어야지, 열 살 무렵의 나는 그렇게 생각했다.

당시에는 사후세계를 믿었다. 귀신을 믿었다. 한을 풀지 못한 죽은 자들은 저승으로 가지 못하고 이승을 떠돌게 된다는 이야기를 믿었다. 나는 한을 풀지 못한 죽은 자가 될 것 같았다. 그래서 오래오래 귀신의 모습으로 지내게 되리라 생각했다.

「신비한 TV 서프라이즈」 같은 쇼에 나오는 귀신들은 대체로 죽었을 때의 모습을 하고 있었다. 목이 잘려 죽은 사람은 목이 없는 귀신이 되었다. 어린이는 어린이 귀신이 되어 자라지 않고 그 상태로 몇십 년씩 사람들을 놀라게 했다.

그러니까 나는 가장 보기 괜찮은 외형으로 죽어야겠다고 다짐했다. 괜히 사람들을 놀라게 하기 싫었기에. 그래서 가장 보기 괜찮은 외형이란 무엇인가 상상해보았다. 깨끗하고, 옷을 단정히 다 갖추어 입고 있고, 신체가 훼손되지 않고. 너무 어리거나 늙지 않고. 예쁘고. 열 살의 내가 생각하기에, 스물셋이 그런 나이일 것 같았다.

지금 나는 곧 스물셋이다. 내 생각이 틀렸다는 걸 안다. 사후세계는 없다. 귀신도 없다. 있을지라도 죽었을 때의 모습이 귀신의 모습으로 고정된다는 건 미디어에서 만들어낸 이미지에 불과하다. 그리고 스물셋은 너무 어리다. 무엇보다 '괜찮은' 외형의 기준이 잘못됐다. 그것 역시 미디어에서 만들어낸 정상성이라는 환상에 불과하다.

그리고 진짜 잘못된 것은 열 살의 내가 그런 생각을 했다는 사실이다. 돌이켜보면 나는 소아우울증이었다. 그러나 어린이의 슬픔을 제대로 다룰 수 있는 공간이 아무 데도 없었다.

나는 이야기 속으로 도망쳤다. 이야기에는 발단과 전개와 위기와 절정과 결말이 있어서, 괴로운 결말이어도 납득이 갔다. 납득이 안 가는 이야기는 잘 못 쓴 이야기였다. 나는 잘 쓴 이야기를 찾아 헤맸다. 또래보다 책을 많이 읽었다. 해피엔딩은 별로 좋아하지 않았다. 잘 안 되는 이야기가 좋았다. 잘 안 되는 이야기인데 잘 쓴 이야기가 좋았다. '그래, 그럴 만도 했다'라고, 슬퍼도 고개를 끄덕일 수 있는 이야기가 좋았다.

내 삶도 그렇게 될 수 있기를 바랐으므로.

그러나 나중에는 정합적이지 않은 이야기도 많이 만났다. 발단-전개-위기-절정-결말이 있는 이야기만이 이야기가 아니었다. 이야기가 없는 이야기도 있었다.

이제는 이야기가 나를 위로할 수 없음을 안다. 그럴 만하지 않은 이야기가 훨씬 많다는 걸 알아버렸으니까. 이야기 속으로 도망칠 수 없음을 안다. 그럼에도 내가 이야기 속에 계속 있으려 한다면 그건 왜일까? 심지어 나는 스스로 이야기를 만들려고도 한다.

그 이야기 속에서 화자는 분노하고 절망한다. 울고 소리친다. 무기력해하고 죽으려 한다. 엉망진창이다. 삶이 그러하듯이. 이제야 나는 비로소 이야기 속으로, 삶 속으로 나다니는 방법을 알았다.

아직 죽지 말아야겠다.

사막여우에게 도움을

집에 돌아갈 차비가 없다는 말은 이제 너무 낡았다. 오늘 그 말로 도합 칠만 팔천이백 원을 뜯었고 어제, 어제의 어제, 정확히는 23일 전부터 그 말로 먹고살았지만 시현이 생각하기에도 그건 진부한 멘트였다. 무엇보다 집에 돌아갈 차비라니. 돌아갈 생각도 돌아갈 집도 없으면서. 상대의 표정을 보고 목소리에 힘을 설설 뺐다가 다시 줄 때 — 집에 돌아갈 차비가 없어서 그래, 진짜로. — 시현은 좆같은 기분을 느꼈다.

좆같은 건 걔네가 좆같지. 니 같은 애한테 돈 뺏기는데. 승우가 너무 합당한 말을 했으므로 시현은 기분이 더 좆같아졌다. 좆같다, 말고 시현의 기분을 멋지게 엮어낼 수 있는 단어가 있겠지만 시현은 그런 단어를 찾아내고 발음할 필요를 느끼지 못했다. 그러므로 시현은 강이 있는 쪽을 바라보았다. 물결이 어딘가의 불빛을 드문드문 반사하고 있었고 지금은 그것만이 강의 전부였다. 강이…… 좆같이 흐르네. 시현이 말했고 승우가 어이없다는 듯이 숨을 뱉었고 곧바로 시현에게 물었다. 너 오늘은 어디서 자는데?

친구 집. 승우가 더는 캐묻지 않을 걸 알지만 시현은 바로 화제를 돌렸다. 근데 씨발, 아무리 생각해도 차비는 너무…… 그냥 돈 좀 달라고 하는 게 더 낫지 않냐?

그건 그냥 구걸이고.

이유 붙이면 구걸 아니냐?

그건 기부.

뭐래…….

대가리가 있으면 생각을 좀 해봐, 시현아. 나 이제 간다. 급한 일 있으면 연락해.

승우는 그렇게 말하고선 계단을 올라 사라졌다. 계단을 다 오르자 발소리가 도로의 소음과 순식간에 합쳐져 정말로 사라진 것 같았다. 시현은 승우가 올라간 계단에서 금방 시선을 떼고 강변을 따라 걷다가 신축 화장실로 들어갔다. 유아 동반칸에 들어가 휴지로 바닥의 물기를 닦아내고 웅크렸다. 시현은 눈을 감았다. 어딘가의 불빛을 드문드문 반사하는 물결은 계단처럼 단단하게, 승우가 올라갔던 계단은 물결처럼 부드럽게 시현의 내부로 밀려왔고 그것을 더 생생하게 만들어주는 졸음이 시현을 휘감았다. 불편한 공간감 때문에 시현은 잠의 세계로 완전히 진입할 수 없었고 그 때문에 그녀는 흡사 스탠바이 상태의 배우 같았다. 아무도 큐!라고 외쳐주지 않았으므로 아침은 그대로 왔다.

시현은 정류장에 앉아 있었다. 버스를 기다리는 것도 버스에서 내릴 사람을 기다리는 것도 아니었다. 가만히 앉아 어느 쪽을 멍하니 바라봐도 이상하지 않은 자리가 필요해서였다. 그러나 정류장에 앉아 있으면 어쩐지 무언가를 기다리는 기분이 들었다. 이른 아침이라 더욱 그럴지도 몰랐다. 시현은 버스에서 내리는 누군가의 손을 잡고 누군가의 집으로 가고 싶었다. 시현에겐 돌아갈 집도 돌아갈 마음도 없으므로. 좆같다,라는 말 대신 그런 문장을 떠올리려는 찰나 초록색 버스가 멈춰 섰다. 버스가 정차하고 문이 열리고 사람이 한 명 타고 문이 닫히고 버스가 출발하는 시간 동안 시현은 버스 옆면에 커다랗게 부착된 광고를 보았다. 약간 기운 없어 보이는, 수수한 여자아이의 옆얼굴 오른편에 가난한 삶을 드러내는 문구 — 정확히는 기억나지 않지만 무엇만으로 한 달을 나야 하는, 같은 식 — 가 적힌 기부금 촉구 광고였다. 시현은 두 시간 뒤 승우에게 전화를 걸었다.

시현아, 너는 그게 돈이 된다고 생각하니.

승우의 부정적인 반응에도 불구하고 시현의 계획은 결국 실행되었다. 그것은 평소와 달리 조금 의욕 있어 보이는 시현의 얼굴 때문이기도 했고 불현듯 성공을 예감하는 일은 그게 멍청한 착각이었다는 걸 뼈저리게 느껴야 비로소 끝이 나기 때문이기도 했다.

사막여우에게 도움을. 시현의 계획은 이런 문구로 정리되었다. 왜 사막여우야? 승우의 질문에 시현은 답했다. 귀엽고 예쁘니까. 그리고 밀수입 때문에.

인터넷을 조금 검색해보고 EBS 다큐멘터리를 잠깐 본 게 다지만 평소 승우와 뻥을 뜯으며 키운 말솜씨가 있으므로 시현은 여러 단어들을 멋지게 엮어 사막여우를 도와야 하는 이유, 바로 당신의 기부금이 필요한 이유를 능숙하게 설명했다. 그녀는 야생동물에 관심이 많은 생물학과 학생이거나 동물보호단체이거나 둘 다였다. 그녀의 설명이 아니더라도 몸을 최대한 웅크린 채 덜덜 떠는 사막여우, 그 커다란 귀를 보고 어떻게 돕지 않을 수 있을까?

돕지 않았다. 5일 차, 강변에서 돈을 정산하다 시현은 포기했다. 지하철역과 버스정류장과 가게와 거리를 돌아다녔지만 모금함에 들어온 돈도 계좌에 들어온 돈도 차비 운운하며 돈을 뜯을 때의 절반도 채 안 되어서 시현은 승우가 예상보다 많이 벌었다고 했을 때 되묻지 않을 수 없었다. 왜?

왜냐니?

이건 기부잖아.

뭔 소리야?

니가 여기서 얘기했잖아.

진짜 기부랑은 상관없는 거였는데. 승우는 그렇게 말했다. 밤은
점점 더 빨리 와서 시현이 무슨 표정을 짓고 있는지는 잘 보이지 않
았다. 그러나 승우는 오늘은 왠지 시현이 좆같다, 말고 다른 단어를
멋지게 엮어 이야기할 것만 같아 대가리가 있으면 생각을 해보라는
말은 덧붙이지 않았다. 시현은 아무 말도 하지 않았고 다만 빤히 바
라보았다. 그것은 승우를 바라본다기보다는 승우가 있는 쪽을 바라
보는 시선이었다.

2장

———

다른 사람들은
다 괜찮다는데
왜 너만

밑 빠진 독

나는 밑 빠진 독이다. 사랑을 아무리 부어도 다 흘려버린다. 나를 사랑한다는 사람들이 나타나면 의심부터 한다. 왜 날 사랑하는 거지? 상대방이 내게 믿음을 주려고 사랑을 계속해서 부어줄 때, 나는 그것을 의심이라는 구멍으로 다 흘려보내버리고, 마침내 상대방의 사랑이 동났을 때 나는 이렇게 말한다.

거봐, 나를 사랑한 게 아니었잖아.

동묘앞역

추운 날 하루 종일 놀았기 때문에, 나와 친구는 몸이 조금 지쳐 벽에 기대어 지하철이 오기를 기다리고 있다. 다들 집으로 돌아 가야 하는 시간대라, 역에는 사람이 꽤 많다. 그때 한 중년 남성이 우리에게 다가오더니 말한다.

"내가 길을 좀 찾고 있는데."

"네? 저희 여기 사람이 아니라 길을 잘 모르는데요."

"여기 씹하는 데 있다던데."

"네?"

"씹. 내가 씹하는 곳을 찾고 있거든."

"가세요."

"할래? 돈 줄게."

"경찰에 신고하기 전에 가세요."

"그냥 물어보는 건데, 뭘."

"가시라고요."

"물어보는 거잖아. 할래?"

남자가 내 친구와 나의 얼굴을 번갈아 바라본다. 나는 주변을 둘러본다. 우리 근처에서 벽에 기대어 있는 비슷한 또래의 남성들, 나이가 많은 여성들도 보이지만 우리 쪽을 보고 있지는 않다. "가자." 남자가 말한다.

나는 외친다.

"여기 변태 있어요!"

역 안에 있는 사람들이 모두 나를 쳐다본다. 남자는 자리를 뜬다. "야! 도망치냐?" 남자는 사람들이 모여 있는 쪽으로 향한다. "부끄러운 줄 알아." 나는 인파 속으로 사라지는 남자를 향해 소리친다.

사람들은 여전히 나를 보고 있다.

친구가 내게 묻는다. "아까 그 사람 뭐라고 한 거야? 나 너무 당황해서 제대로 못 들었어. 뭐야?" "그게, 성매매 하자고……." "뭐?" 잠깐 동안의 정적. "나 진짜, 갑자기 뭔가 하나도 못 알아들었어. 기분 더러워……." 나는 친구의 손을 잡는다. "숙소 가서 빨리 쉬자." 지하철이 도착한다.

우리는 사람들과 함께 지하철에 오른다.

발신자 표시 제한

    지금은 집 전화를 없앴지만, 내가 초등학생일 적 우리 집 전화기는 문자가 되는 무선 전화기였다. 그즈음 우리 집엔 사촌오빠가 같이 살고 있었고, 나와 오빠, 사촌오빠는 각각 두 살 터울이었다. 방은 두 개뿐이라 개인 공간은 없다시피 했고, 컴퓨터는 한 대라 그것을 차지하기 위해 우리는 많이 싸웠다.

    「나랑 ㅅㅅ하자」

    그런 문자가 온 건 더운 여름이었다. 집에는 오빠, 사촌오빠가 있었고 그 둘은 핸드폰이 있어 내가 무선 전화기로 친구들과 문자를 나눌 때 발송된 문자였다. 발신자 제한으로.

「너 지금 집이지?」

「얼마 줄까? 5만 원? 7만 원?」

「ㅋㅋ」

나는 사촌오빠에게 복도를 확인해달라고 말했고, 사촌오빠가 현관을 열어 복도를 살펴봤지만 아무도 없다고 했다.

「아까 그 사람 누구? 그 형이랑 해ㅋㅋ」

사촌오빠가 집 안으로 들어오자 그런 문자가 발송되었다.

"왜 그러는데?"

사촌오빠가 물어왔다.

「나 지금 계단에 있어」

"아무것도 아니야."

그때 왜 그 문자를 숨겨야겠다는 생각이 들었는지 모르겠다. 나는 이때까지 발송된 문자들을 모두 삭제했고, 내가 아무 반응도 보이지 않자 문자는 더 이상 오지 않았다.

더운 여름, 더워서 땀방울이 턱 밑으로 맺히는 계절, 가끔 그날을 떠올린다. 그 문자를 보낸 사람은 누구였을까?

나는 이미 답을 알고 있는 것 같다.

어떤 문자냐고 묻던 오빠들의 표정.

그 표정이 제대로 기억나지 않는다.

기억하기 싫다.

관심병사

집으로 편지가 날아왔다. 고등학교에 올라간 후 받은 심리 검사에서 내가 위험군이 나왔으니 관심을 요한다는 편지였다. 엄마는 그 편지를 보자마자 내게 물었다. "너 이거 뭐야?" 그것은 내가 걱정된다기보다는 자신이 기른 딸이 정신병자일지도 모른다는, 배신감이 섞인 물음이었다. 나는 얼버무리며 위험군 정도는 나올 수 있다고 대답했고, 크게 신경 쓰지 말라는 말을 했다. "어떻게 신경을 안 써!" 엄마가 소리쳤다. 아빠는 웃으며 말했다. "그냥 내 버려둬."

아빠는 뒤이어 이런 말을 했다. "아주 관심병사네, 관심병사야."

　아빠는 평소 자신의 해병대 이력을 자랑스럽게 생각하는 사람이었고 배경화면을 군대로 해놓을 정도로 자부심이 있는 사람이다. 관심병사네, 놀리듯 말하는 아빠에게서 나는 역겨움을 느꼈고 다시는 가족에게 정신병 이야기를 꺼내지 않기로, 들키지 않기로 다짐했다.

다른 사람들은 다 괜찮다는데 왜 너만

"네 삼촌은 나한테 동생이야. 내가 너보다 훨씬 삼촌을 많이 봤고, 걔 그럴 애 아니야. 왜 사람을 그렇게 몰아가!"

고등학생 때, 친척들과의 모임에서 삼촌은 리모컨을 찾느라 허리를 숙인 나의 엉덩이를 세게 쥐었고, 내가 당황해 뒤를 돌아보자 웃었다. 나는 굳은 표정으로 오빠와 사촌오빠를 쳐다보았지만 그들도 그저 웃을 뿐이었다. 나는 나도 모르게 따라서 미소 지었다.

그 기억이 지워지지 않아 엄마에게 털어놓았다. 그러자 엄마는 얼굴을 찌푸리며 내게 소리 질렀다.

"엄마, 그렇게 말하는 것도 가해인 거 알아? 삼촌이 술 취해서 내 엉덩이를 만졌다고. 그게 꺼림칙하다고. 내가 그렇게 느꼈다는데 왜 내가 잘못한 것처럼 말해?"

"삼촌 원래 그런 장난 많이 쳐. 사촌언니들한테도 그러고. 다른 사람들은 다 괜찮다는데, 웃고 넘어가는데 왜 너만 그래, 너만!"

엄마는 소리를 지르며 울었다.

나도 소리를 지르며 울었다.

작은 방에서 두 모녀가 싸우는 소리가 넘치고 있었다.

나는 우리가 왜 싸워야 하는 건지 알 수 없었다.

롤리타와 돌로레스

솔직히 고백하자면 대학에서 진행하는 공통 필수 교양인 젠더 수업을 듣기 싫었다. 나는 젠더에 관하여 할 말이 아주 많기 때문이다. 그리고 그 말들은 얼굴을 들고 꺼내기 너무 힘든 것들뿐이다. 게다가 그 힘듦마저 '꼴림'으로 승화시키는 사람들이 있기 때문에…… 더더욱 싫다.

누군가는 내가 피해의식이 있다고 한다. 네가 너무 걱정을 많이 해. 네가 너무 신경을 많이 써. 너는 어떻게 그걸 그렇게 받아들이니? 그리고 이 말들은 진짜 나쁜 사람들의 입에서 나올 때도 있었지만 나를 좋아하는 사람들에게서 들을 때도 많았다. 나를 아끼고 내가 정말 좋아했던 선생님은 이렇게 말씀하셨다. "수학 선생님은 정말 너희가 딸 같을 텐데. 어떻게 그렇게 하겠니." 그리고 나는 대답했다. "맞아요, 저도 그렇게 생각해요. 애들이 좀 오해한 것 같아요."

수학 선생님이 상습적인 성추행으로 잡혀 갔다는 이야기를 들었다. 헛소문일까? 아마 아닐 것이다. 잡혀 갔다는 이야기는 몰라도 상습적인 성추행이라는 말을 적어도 사실이다. 지금의 나와 내 친구들이 알고 있으니까…….

그러나 중학생 때의 나는 몰랐다.

중학생 때 나는 나이가 많은 남자를 좋아했다. 지금 생각해보면 그건 학습된 것이었다. 나이가 많은 남자와 아주 어린 여자의 사랑 이야기는 너무 매력적으로 잘 팔렸다. 나는 여중 여고를 나왔지만 내가 어렸을 때부터 내 정체성을 담그며 살았던 집단은 남초 집단이었다. 나는 인터넷도 게임도 많이 했고 인터넷에서는 구멍을 뚫을 수 있는 모든 것에 구멍을 뚫어놓았다. 혹은 구멍이 뚫려 있는 것이라면 그것은 무엇이든지 '딸감'이 되었다. 이유를 묻는다면…… 그것에게 구멍이 있으니까.

어린 여자애는 성녀인 동시에 창녀였다. "로리는 진리입니다"라고 외치는 사람들이 있었다. 그 사람들은 말했다. "실제 로리를 건들면 안 됩니다. 그건 범죄입니다. 현실에서 그럴 리가 없잖아요?"

그 사람들은 모른다. 그 사람들은 어린 여자애가 아니었을 테니까. 그들이 사는 현실은 어린 여자애가 사는 현실과 다르다.

처음 나는 내가 당한 일을 부정했고("맞아요, 저도 그렇게 생각해요. 애들이 오해한 것 같아요.") 두 번째는 그 사람들이 이상한 거라고 생각했고 세 번째는 생각하기를 포기했다. 내가 이렇게 처음 두 번째, 세 번째라고 숫자를 매길 때 사람들은 어떻게 생각할까? 모르는 사람들도 있겠지만 자잘한 성희롱을 포함하지 않아도(자잘한 성희롱,이라고 나는 적었다. 내가 적었는데도 어이가 없다.) 여자가 당하는 성폭력은 너무 많다. 세 번은 너무 적다. 내가 처음이라고 말한 것도 사실 처음이 아니다.

그런데도 어딘가에서 사람들은 "여자라서 당했다"라는 말을 개그로 쓴다. 내가 아까 썼던 문장을 다시 가져오자. '이유를 묻는다면…… 그것에게 구멍이 있으니까.' "여자라서 당했다"를 개그로 쓰는 사람들은 이 부분도 웃으며 넘겼을까? 웃지도 않고 당연하게 생각했을까?

『롤리타』의 험버트는 '님펫'이라는 단어를 사용했다. 유독 성적 매력을 내뿜는 어린 여자애가 있으며 그 어린 여자애에게 험버트는 매혹당하는 것이다. 롤리타도 그런 여자애다. "서류상 이름은 돌로레스. 그러나 내 품 안에서는 언제나 롤리타였다." 소설가이자 시인 김연수는 『롤리타』를 사랑에 대한 소설로 읽었다. 자신의 역사와 비밀을 지녀서 끝내 소유할 수 없는 소녀를 사랑하는 한 남자의 고단함이라고.

'돌로레스'는 라틴어로 '고통'을 뜻한다. 작중에서 험버트가 그를 처음 만난 건 그가 열두 살 때였다. 그는 역사와 이야기와 정체성이 형성되기 전에 험버트를 만났다. 나는 '험버트의 자제된 성욕은 롤리타의 유혹에 의해 무너지고'라고 정리되어 있는 줄거리를 저주한다. 『롤리타』를 사랑소설로 읽는 사람이 없어진다면 세상은 조금 나아질 것이다.

선택이 불가능한 대상을 사랑하는 것은 사랑이 아니라 도착증이다.

우리는 돌로레스를 이렇게 분석할 수 있다. 그는 열두 살, 성별이 여성일 뿐이고 그의 성장 수준에 맞는 자연스러운 행동을 했다. 그것은 매력이나 유혹이라는 수식을 받을 만한 행동이 아니다.

님펫? 그거 판타지다. 현실에 있을 리가 없잖아요?

현실에는 요정이 아니고 여성이 있다. 그것은 여성일 뿐이다. 여자라서 당했다는 말, 나도 싫다. 남자라서 휘두를 수 있는 거다.

내가 좋아하는 쇼핑몰에서 'I'm your lolita'라고 금박자수가 박혀 있는 초커를 팔았었다. 포르노 배우가 되고 싶어서 애쓰거나 포르노 배우가 되지 않기 위해 애쓰는 여성들이 있다. 나도 그중 하나라는 생각이 들 때면 마음이 아프고 혐오감이 든다. 그러나 진짜 혐오스러운 건 카메라를 들고 있는 사람이다.

서류상 이름은 돌로레스. 험버트의 품 안에서 롤리타라면.

롤리타는 없다. 나만 아는 사실은 아닐 것이다.

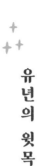

유년의 윗목

1

오빠가 PC방에 갔다가 연락도 없이 늦게 들어온 날.

아빠는 오빠의 휴대폰을 망치로 부수고

청소기 막대를 뽑아 오빠를 때렸다.

2

"그냥 다 죽자."

아빠가 칼을 들고 외친다. 놀란 우리는 아무 말도 하지 못한다.

"이럴 바엔 다 죽자고." 아빠가 칼을 휘두른다. "당신 왜 그래!"

우리보다 한 박자 먼저 정신을 차린 엄마가 아빠에게 달려가 칼을 빼앗으려 한다. 고양이가 운다. 아빠가 칼을 부엌 수납장에 내리꽂는다. 그대로 집 밖으로 뛰쳐나가버린다. 엄마는 수납장에 꽂힌 칼을 빼내어 칼집 안에 칼을 넣는다. 고양이가 운다. 내가 운다. 오빠가 운다. 엄마가 운다. 나는 현관을 노려본다. 현관은 멀쩡한데 더는 도망칠 곳이 없다.

3

"내 말 좀 들어보라고, 제발!"

오빠가 칼을 빼내어 자신을 겨눈다.

"너 지금 부모 앞에서 무슨 짓이야!"

아빠가 의자를 들어 오빠를 때리려 한다.

서로 죽을 기세, 죽일 기세다.

엄마는 아빠를 붙잡는다. "도하야! 이리 좀 와봐. 너는 칼 내려놓고!"

"아빠. 아빠 왜 그래! 아빠 그러지마! 아빠 나 좋아하잖아. 나 보고 참아. 응? 응?"

나는 아빠에게 매달려 빈다. 아빠는 여전히 의자를 들고 있다. 흔들리는 눈동자.

한바탕 소란이 일어난 후 둘은 칼과 의자를 내려놓는다.

"술 한잔 하자."

아빠와 오빠는 함께 술을 마신다.

그 모습을 지켜보던 엄마와 내가, 표정이 지워진 채로 방 안으로 들어간다.

4

"살려주세요. 살려주세요."

내가 몇 번이고 빌자 오빠는 때리기를 멈춘다.

내 머리에서 나온 피가 현관에 묻는다.

나는 방 안에 들어가서 쓰러진다. 일어나보니 베개에 피가 묻어 있다.

「오빠가날죽이려고했어어떻게해?」

온라인 익명 커뮤니티에다 쓴다. 경찰에 신고하라는 댓글들.

그러나 몇 시간 전 무슨 일이냐고 누군가 물으러 왔을 때 오빠는 자연스럽게 돌려보냈었지.

그러나 며칠 전 아파트 단지에서 베트남 여자가 남편에게 맞았을 때 경찰은 둘이 잘 화해하시라고 하고 돌아갔지.

곧이어 엄마가 집으로 돌아왔다.

"너네 싸웠니?"

내 몰골을 본 엄마가 나를 씻겨준다.

"오빠도 그러려고 그런 건 아닐 거야……."

검붉게 물들어가는 욕탕을 나는 가만히 내려다본다.

5

분식집 앞. 엄마와 나는 순대와 떡볶이를 주문했다.

"어이구, 딸 눈병 걸렸나 보네? 요새 눈병이 유행이라더라."

분식집 사장님이 나를 보며 말했다.

나는 어색하게 웃었다.

엄마에게 맞아서 생긴 멍이었다.

말
더
듬
이

나는 그를 말더듬이로 고용했다
처음 그리고 세 음절마다 말을 더듬는 게 그의 일,
내 집에 우편과 사람이 올 때

열여덟 통의 우편이 성공적으로 쓰레기통에 들어갔을 때
한 명의 손님이 왔다
그는 훌륭하게 말을 더듬었다

돌아가는 손님의 뒷모습을 보며

나는 배를 잡고 웃었다

그 후로 여러 번 사람들이 찾아왔다

얼마 지나지 않아 떠났다

나는 미안해하는 그들의 얼굴을 평화롭게 박제하고 싶었다

행복한 말더듬이의 나날이었다

서른 통의 편지가 쓰레기통으로 처박혔다

이제 손님은 거의 없었다 다만 저 멀리서 한 명의

아빠가 왔다!

나는 부엌 싱크대 밑 수납장에 숨었다

(계단을 올라오는 둔탁한 발소리 문을 세차게 두드리는 소리)

악 아악 왜 왜 이러 세 세요 연기인 거 다 안다 무 무슨 말씀 혀를

자르든가 해야지 이거 원

수납장 문이 열리고 쪼그려 앉은 나와 아빠의 눈이 마주쳤다

아빠는 칼을 빼서 말더듬이의 혀를 잘랐다

자 우리 딸 가자 아빠가 다정하게 손을 내민다

나는 힘겹게 혀를 움직여

네 네

부모에게 학대당하지 않은 자식은 없다고 생각해요

'유년에 대해 말하기'.「말더듬이」는 대학교 시 수업 시간에 이 과제를 받았을 때 들고 간 시다. 고등학교 2학년 때 쓴 시였는데, 유년에 대해서 새로 쓰고 싶지 않아, 유년의 기억을 되짚고 싶지 않아 이미 써놓은 시를 내놓게 되었다.

나는 폭력적인 아빠 밑에서 자랐고 많이 맞았다.

아빠가 생각하기에 때릴 이유가 있다면 맞았다.

맞다가 말하면 대들어서, 입을 다물면 침묵해서 맞았다.

"술에 취하지 않을 땐, 화내지 않을 땐 다정한 사람이잖니." 엄마는 말했지만, 엄마도 알고 있었을 것이다. 그런 조건이 붙는 거

자체가 다정과는 거리가 멀다는 것을.

「말더듬이」를 읽은 후 어떤 분은 이런 말씀을 해주셨다.

"부모에게 학대당하지 않은 자식은 없다고 생각해요."

그건 모두가 그러니 유난 떨지 말라는 말이 아니었다. 내가 당한 게 학대라는 것을 분명히 짚어주는 말이었고, 이 자리에 앉은 모두가 나와 비슷한 경험이 있음을 시사해주는 말이었다.

그 말이 오래 기억에 남았다. 위로가 되면서도, 마음이 아파지는 말.

이 글을 읽는 사람에게 묻고 싶다.

당신도 그랬나요?

부모에게 학대를 당했나요?

자식을 학대했나요?

어째서, 왜 그랬으며, 무슨 기분이었나요.

원
나
잇

가끔은 누군가와 딱 하룻밤만 보내고 싶었다.

딱 하룻밤만 보내고 상대방이 사라져버렸으면 좋겠다. 영영.

네가 힘으로 날 이길 수 있을 것 같아?

처음으로 오빠에 관한 트라우마를 털어놓았던 언니가 있었다. 그 언니와 술을 자주 마셨다. 내가 마시지 않더라도 언니가 마실 때면 옆에서 같이 마셨다.

"니가 얼마나 힘들었으면 나한테 털어놓나 싶더라."

과방에서 소주를 비우며 언니는 말했다. 언니는 소주 한 병을 금세 다 비웠다. 그러더니 울기 시작했다. 언니는 경계성 성격장애를 앓고 있었다.

"날 사랑해주는 사람이 아무도 없어."

과방으로 같은 과 언니가 들어오더니 말했다. "어휴, 또 시작이

네⋯⋯." 같은 과 언니는 짐을 챙겨 사라졌다.

"토하러 가야겠어. 토하는 거 도와줘."

언니가 말했다. 나는 언니를 부축해서 복도로 나갔다.

그때 언니가 내 가슴을 만지려고 했다.

"언니, 정신 차려. 왜 이래."

"왜 나를 사랑해주는 사람이 없지?"

"언니."

"너도 어차피 남자 만날 거지?"

큰 소리를 듣고 같은 과 오빠가 복도로 나왔다가 소리치는 언니를 보더니 다시 강의실 안으로 들어가버렸다. 나는 언니를 화장실로 데려갔고 언니는 화장실에서 토를 했다.

"입도 행구자."

세면대로 언니를 데려가자 언니는 나를 붙잡으며 가슴을 만지고 키스를 하려고 했다. 등 뒤로 손을 집어넣었다.

"언니. 이러지 말자, 제발."

나는 강의실로 가 같은 과 오빠에게 도움을 청했다.

"너는 꺼지라고."

언니는 오빠에게 소리를 지르고 나와 할 이야기가 있다고 했다. 우리는 발코니로 갔다.

"아, 씨발."

언니가 담배를 피우며 욕을 했다. "왜 이러지? 왜 이러지?"라는 말을 반복하다 나를 쳐다보며 말했다. 또 몸을 더듬으려 했다. 내가 계속 저항하자 언니는 말했다.

"도하야. 네가 힘으로 날 이길 수 있을 것 같아?"

나는 언니를 밀치고 같은 과 오빠를 불렀다. 우리는 언니를 부축하며 언니의 집으로 갔다.

"나 도하 안 따먹는다고. 키스만 한다고. 왜 자꾸 방해해? 너 도하 좋아해?"

언니가 웃었다.

"차도하 너 어차피 남자 만날 거 다 알아. 너 같은 애 내가 알아."

언니는 길에서 소리를 질렀다.

언니의 집에 도착하자 언니는 쓰러지듯 입구로 들어갔다.

"도망쳐, 도망쳐."

갑자기 울면서 언니가 외쳤다.

누구한테서 도망치라는 걸까.

나는 혼란스러운 마음으로 같은 과 오빠와 엘리베이터에 탔다.

"너 괜찮아?"

오빠가 물었고 나는 "내가 안 괜찮으면 어떻게 해야 해?"라고 답했다.

얼마간의 침묵이 있었고 우리는 각자의 기숙사실로 돌아갔다.

나는 그날 기숙사 2층 침대에 누워 숨죽여 울었다. 진짜로 숨이 죽어버릴 때까지. 몸에 있는 모든 걸 빼낼 것처럼. 그러나 내숨은 여전히 붙어 있었다.

기
도

나는 그의 신실함이 싫지 않다

나를 죽도록 패고 구원받을 수 있을 거라 생각하는 게 맞은 나는
신을 안 믿어서 지옥에 갈 거라고 생각하는 게 그걸 죽도록 슬퍼
하는 게 나는 맞고 누워 있고 그는 욕하면서 나갔다가 몇 시간 뒤
다시 돌아와 기도를 한다 기도는 어디서든 해도 되는 거 아닌가
왜 하필 내 옆에서 하는가 여기가 그가 건 십자가가 있는 그의 집
이기 때문이다

그가 기도를 하면 나는 누워서 나의 집을 떠올린다

마호가니가 뭔지는 잘 모르지만 마호가니 가구를 놓을 것이다 마
호가니 헤게모니 아도나이 읊조리면서 나는 비웃는다 내가 상상
한 나의 집은 그의 집과 똑같이 생겼다 그가 건 밤색 십자가가 걸
려 있다 그는 무릎 꿇고 기도하고 슬퍼하고 구원받고 나는 어딘
가에 널브러져 읊조리고 있다 나의 집을 상상하며 마호가니도 모
르면서

슬
라
임

슬라임이 되고 싶다. 천천히 녹아내려서 물렁물렁 말캉말캉한 상태가 되고 싶다. 쿡, 찌르면 쿡, 들어갔다가 다시 원상태로 되돌아오는. 남들이 손으로 얼마나 주무르건 간에 언젠가 천천히 자기 모양으로 되돌아오는. 내 피부를 꾹 눌러본다. 주저흔을 만져본다. 나는 되돌아가지 않는다.

어디선가 모래바람이

나는 지금 장판 위에 앉아 나무 서랍장에 기대어 글을 쓰고 있다. 내 앞에는 룸메이트의 책상과 침대가 있다. 1층은 책상이고 2층은 침대로 되어 있는 아주 효율적인 구조다. 이 효율적인 구조로 된 가구가 이 방에 세 개나 있다. 내 오른쪽으로는 커튼이 쳐진 창이 보이고 왼쪽으로는 신발장과 닫힌 현관이 보인다. 이건 사실이다. 내가 있는 곳이 사실 코끼리의 등 위일 리 없다. 커튼이 모래바람으로 변해 흩날릴 리 없다. 모래바람 속에서 누군가 나타나 내게 코끼리를 능숙하게 타는 방법을 알려줄 리 없다. 여긴 5층이다. 서울 성북구 석관동 409번지다. 공간에겐 자비가 없다.

그러나 누가 공간을 그렇게 쪼잔한 놈으로 만들었는가를 생각해보자. 공간에 이름 붙인 사람 누구야? 누군지는 모르겠지만 어쨌든 사람이다. 공간에게 고정성을 준 것은 공간이 아니다. 무대 시각표현 수업에서 「폼보드 프로젝트」를 진행하며 나는 예술의 정의가 "말하기 나름"이라고 이야기한 적이 있다. 그러면서 특정 공간에 캡션을 달아 그 공간을 예술품으로 바꾸는 활동을 했다. 그런데 우리가 이름 붙이는 것에 의하여 공간이 다르게 보일 수 있다면, 공간은 애초에 무한히 달라질 수 있는 것 아닐까? 나는 예술에게 무슨 임무를 부여하는 건 싫지만 예술이 해야 할 일이 있다면 그건 사람이 멋대로 부여한 고정성을 다시 거두어가는 일일 테다.

무대미술가는 믿음을 버리는 동시에 믿음을 가져야 하는 직업이다. 무대를 꾸미기 위해선 무대의 공간성을 상기하면서도 그 공간성을 해체시켜야 하니까. 무대가 물로 가득 찰 리 없지만 배우들은 거기서 다른 누군가가 되어 빠지고 헤엄쳐야 한다. 그리고 관객들이 그것을 납득해야 한다.(어떤 연극을 보다. 무대 위엔 바닥으로 쓰는 커다란 나무판과 무대의 삼면을 감싸는 희미한 커튼뿐이었는데, 거기에 푸른 조명을 비추고 배우들이 몸짓이 가벼워지자 나도 모르게 물 같다……라는 생각을 했었다. 다시 그 장면을 생각해봐도 심장이 약간 눌리는 것 같다. 변한다는 건 언제나 멋질 수밖에 없다고 생각한다. 세상이 그대로라면, 정말 이게 다라면 모두가 무척 힘들 거다. 어떤 예술작품은 그게 다가 아니라는 걸 순간 보여준다. 나는 그 순간이 너무 좋아서 예술가가 되기로 했나 보다.) 그에 반해 시인이나 소설가는 좀 더 자유롭다고 생각했는데, 공부를 하다 보니 이건 좀 안일한 생각이었던 것 같다. 글자만 보인다고 거짓말을 막 칠 수는 없다. 뭐든지 설득력이 있어야 한다. 수업 시간에 선생님이 연극적 효과에 불필요하게 기대서는 안 된다고 말한 적이 있는데(예컨대 '벽이 투명한 거면 투명한 이유가 있어야 한다' 등) 글을 쓸 때도 내 나름의 합당함(그게 아주 단순하더라도)은 가지고 있어야 한다는 사실을 상기한다.

　여기까지 쓰자 내가 있는 곳을 누가 '서울 성북구 석관동 409번지'라고 했는지 의아하다. 나는 코끼리의 등 위에 타고 있다. 멀미가 난다. 멀미는 자비가 없다. 글을 그만 쓰고, 코끼리를 능숙하게 타는 법을 배워야겠다. 모래바람이 분다.

내가 믿을 수 있는 것은

날이 저물고 기숙사 복도를 지나가면 창밖에서 흰색 십자가가 지켜보고 있다.

복도는 기둥이 들어선 부분을 제외하고 한쪽 벽면이 모두 창으로 되어 있다. 기숙사는 마름모 도넛 형태로 생겨서, 안쪽 면이 모두 서로를 쳐다보고 있기 때문에 그 창으로 볼 수 있는 건 1층에서 5층까지의 복도와 도넛의 빈 부분, 그러니까 나무와 의자가 들어서 있는 용도를 알 수 없는 건물 중앙, 그리고 하늘뿐이다. 그 하늘에 흰색 십자가가 떠 있다. 빛나고 있다. 근처 교회의 첨탑 꼭 대기에 달린 것일 텐데 어느 교회 것인지는 모른다. 아무튼 십자가가 매우 절묘한 위치에 있어서, 그것은 기숙사를 내려다보고 있는 것 같다.

지가 뭔데…….

그렇게 생각하면서 빨래를 세탁기에 넣으러 간다. 매주 성실히 세탁기에 500원씩 지불하고 있지만 기숙사 세탁기는 세탁 기능을 상실한 지 오래된 것 같다. 하나님이 있다면 이것부터 조속히 해결해주었으면 한다. 물론 하나님이 해결할 수 있는 문제는 아니다. 세탁기 청소를 안 한 지 너무 오래되어서 그런 것일 테니까. 세상의 문제는 다 그런 식이다.

무언가를 막연히 믿는 것만으로는 해결되는 것이 없다는 걸 어렸을 때부터 지금까지 줄곧 깨달으면서 살았다. 그래서 십자가 아래서 기도를 하고 빛나는 마음을 얻는 사람들을 보면 화가 났다. 나도 종종 손을 모으고 무언가를 절실히 바랄 때가 있었지만. 내게는 돈이 필요했고 믿음 소망 사랑으로 돈을 벌 수 있는 사람은 큰 교회의 목사뿐이었다. 그렇다고 바닥에 엎어져서 사람들은 다 바보라고, 이딴 세상에선 그만 살겠다고 울고만 있을 수도 없는 노릇이었다. 막연한 긍정도 싫지만 막연한 비판도 싫었다.

　빨래를 꺼내러 다시 세탁실로 간다. 십자가는 여전하고, 누군가 자신의 빨래를 넣기 위해 내 빨래를 꺼내서 건조기 위에 아무렇게나 올려놓았다. 바구니가 있으면 그 안에 세탁물을 넣어주는 것이 암묵적 룰인데 왜 굳이 이렇게 해놓은 건지 짜증이 나지만, 늦게 온 내 잘못이기 때문에 어쩔 수 없다고 생각하며 빨래를 옮긴다. 그러니까 나는 이렇게 살고 있다. 막연한 긍정도 막연한 비판도 싫어서, 그냥 내가 당장 해야 하는 일을 하면서 살고 있다. 빨래를 할 때가 되면 빨래를 하고, 과제를 해야 할 때가 되면 과제를 하고. 좀 더 여유가 있는 환경에서 태어났으면 나는 아주 다른 사람이었을지도 모른다. 이런 말이 무색하게도 아주 같았을 수도 있다. 그러나 이런 부질없는 가능성은 그만 좀 생각하고 싶다. 그리고 우주는 무수히 많으니까 나의 모든 가능성은 이미 다 각자의 삶을 살아가고 있을 것이다. 지금 이 우주엔 빨래를 다 널고 글을 쓰고 있는 내가 있고, 내가 믿을 건 그거 하나뿐이다.

쥐의 시간

그 여름 마을에 쥐가 그렇게도 많이 들끓었던 것은 내가 화단에
쥐를 심어놓았기 때문이었다

뿌린 대로 거두고 심은 대로 자란다는 말을 굳게 믿는 선생이 날
가르쳤으므로 내가 쥐를 심은 자리에 쥐가 열리는 나무가 자라는
건 당연한 일이었다
처음 그것은 덜 익은 여느 과일처럼 연두색이었다가

내가 옷장 정리를 한 날,

새 옷과 헌 옷과 아끼는 옷을 나누다

이번 여름에 입을 옷만 남기고 나머지는 모두 버린 날,

갈자색으로 물들었다

금방이라도 떨어질 것처럼 부풀어 올라 집에서 가장 넓은 접시를

훔쳐 담아두었는데

다음 날 열매도 접시도 사라져 있었다 그날부터

어두운 곳을 열 때마다 쥐가 쏟아져 나왔다

마을 사람들은 갑자기 늘어난 쥐에 대해 궁금해했지만 결론은 액

아니면 액땜이었다

우리 집 세간은 모두 임시였으므로

사라진 접시에 대한 추궁도 없었다

여름에 들끓는 쥐와 갑자기 사라진 접시는 재난이 아니니까

우리는 곳곳에 약과 덫을 놓아둘 수 있으니까

그러나 후식으로 과일을 챙겨 먹을 때

둘러앉아 말할 수 있는 비밀을 털어놓을 때

물렁한 과육이 내 목구멍을 넘어갈 때면

나는 그 마을 그 학교 그 선생에게로 가 달고 미끈한 짐승을 토하
고야 마는 것이다

바닥에 떨어진 그것은 황급히 어둠 속으로 도망쳤고 한참 뒤 내
가 그것을 찾아냈을 때 나는
그것을 묻어주는 것 외에 다른 결정을 내릴 수 없었다

가능성이란 그런 것
쥐를 심자 쥐가 열리는 것

내가 훔쳤다 잃어버린 희고 넓고 둥근 것,
그 위에 담겨 더 선명히 보이는
축축한 밤, 사인을 기다리던
웅크린 몸

혼자 하는 실뜨기

"엄마가 해주는 따듯한 밥이 아니라서 싫니?"

숙모는 나를 쳐다보며 그렇게 말했다. 나도 숙모를 쳐다봤다. 숙모는 화가 나 있었다. 나는 숙모가 해준 밥이 싫지 않았다. 입맛엔 안 맞았지만 싫다고 느끼진 않았다.

"아뇨……"

나는 작은 목소리로 답하고 숙모의 눈을 피했다. 밥을 한 숟갈 떴다.

"네가 J였으면 지금 당장 밥그릇 뺏고 문밖으로 내쫓았어."

J는 사촌동생이고 나보다 네 살 어리다. 아직 유치원생이다. J는 나와 숙모를 슬쩍 쳐다보고는 밥상으로 시선을 돌렸다. 그러시면 안 되는 거 아닌가요? 묻고 싶었는데 그냥 참고 밥을 입에 넣었다. 이유는 모르지만 한동안 여기 있어야 하니까 숙모를 더 화나게 할 순 없었다. 눈물이 났다.

"밥 그런 식으로 먹을 거면 그냥 먹지 마."

나는 숟가락을 만지작거렸다.

"먹지 말라고."

나는 식탁에서 일어나 방으로 들어갔다. 장난감을 모아놓은 방이었다. 불을 켜지 않고 벽에 기대 앉아 울었다. 한참 울다 보니 현관문 비밀번호를 누르는 소리가 들렸다. 그러니 엄마나 아빠가 날 데리러 온 건 아닐 것이다. 여긴 삼촌 집이니까. 삼촌이 퇴근하고 돌아온 듯했다. 숙모와 삼촌이 이야기하는 소리가 들렸는데 내용까진 들리지 않았다. 그러나 짐작할 수 있었다. 숙모는 아마 날 여기 맡기는 걸 왜 허락했느냐고 따지고 있을 것이다.

잠시 후 삼촌이 문을 살짝 열어 나를 보고 물었다.

"괜찮니?"

나는 아무 대답도 하지 않았다. 나는 한참 앉아 있다가 방 안에 미리 준비돼 있던 이불을 깔고 누웠다. 누워서 장난감들을 구경했다. 그림이 그려진 한글카드. 플라스틱으로 된 채소들과 칼. 알파벳 스쿨버스…….

　나는 장난감을 만지고 싶었지만 그것들은 J의 것이기 때문에 그렇게 하지 않았다. 대신 묶고 있던 머리끈을 풀어 손으로 별 모양을 만들었다. 조금 더 길었다면 제대로 실뜨기를 했을 텐데.

　실뜨기는 보통 둘이 하는 걸로 알려져 있지만 원래는 혼자 하는 놀이다.

　"일어나. 아침 안 먹을 거니?"

　삼촌이 방문을 열며 그렇게 물었을 때 나는 이미 깨어 있었다. 잠을 제대로 자지 못했다. 아침밥을 차리는 소리도 J를 깨우는 소리도 밥을 먹는 소리도 다 들었다. 아직 자고 있어? 몰라. 내가 물어보고 올게. 이 대화도. 나는 고개를 저었다.

　"아직 삐졌니?"

　"저 원래 아침 잘 안 먹어요."

　나는 그렇게 말하고 이불을 갰다.

　"그래. 그래도 나와라. 밖에 나갈 거니까."

　옷을 갈아입고 밖으로 나왔을 땐 J와 숙모가 밥을 다 먹고 짐을 싸고 있었다. 어딜 가는 건지, 나도 같이 짐을 싸도 되는지 묻고 싶었는데 입이 떨어지지 않았다. 나는 욕실에 들어가, 바깥의 소리에 집중하면서 오래 씻었다.

우리는, 그러니까 삼촌네 가족과 나는 작은 해수욕장에 도착했다. 차가 출발하고 나서부터 멀미 때문에 계속 눈을 감고 있어서, 그리고 삼촌네 가족이 바다 이야기를 안 했기 때문에 도착 직전까지 바다에 올 것이란 사실을 모르고 있었다. 수영복도, 갈아입을 옷도 없었기에 물에 들어가지 않고 바다를 쳐다보았다. 숙모는 J의 손발을 적셔주었다. 그다음엔 팔과 다리. 그리고 나를 흘끔 쳐다보더니 여벌옷을 가져왔으니 바다에 들어가도 좋다고 말했다.

나는 바다로 걸어 들어갔다. 나는 수영보단 잠수를 좋아했다. 최대 기록은 3분 12초. 보통은 2분 정도. 훈련받은 사람들은 4분까지 버틴다고 한다. 그러나 내게 중요한 건 얼마나 오래 하느냐가 아니다. 나는 잠수하기 적당한 위치를 찾은 다음 물속으로 가라앉았다. 힘들어지면 올라와서 숨을 쉬고, 괜찮아지면 다시 잠수했다. 이렇게 하고 있을 땐 내 숨 빼고는 다른 것이 생각나지 않았다.

바다가 이곳보다 훨씬 밝게 반짝이는 어떤 멋진 휴양지를 가도 나는 이렇게 할 것이다.

삼촌이 날 부르는 소리가 들렸다. 삼촌은 엄마처럼 내 이름의 끝

글자만 부른다. 나는 숙모가 건네준 옷을 받아 삼촌의 차 안에서 갈아입고 커다란 수건으로 몸을 닦았다. 모래사장에 돗자리를 깔고 가져온 도시락을 먹었다. 멸치볶음과 김가루를 넣어 만든 주먹밥이었다.

"잘 먹는 걸 보니 배고팠나 보네."

삼촌이 나를 보며 말했다.

"다음부턴 화가 나도 어른한테 그러면 안 돼. 알지?"

숙모가 그렇게 덧붙였다. 나는 고개를 끄덕였다.

아빠는 그날 밤 찾아왔다.

"술 많이 취하신 거 같은데……."

"아유, 괜찮습니다. 괜찮습니다."

삼촌과 아빠가 같은 대화를 한 번 더 반복한 후 나는 아빠를 따라 밖으로 나갔다.

아빠 차는 여전히 더러웠다. 나는 조수석에 탔다. 아빠는 반쯤 자고 있는 것처럼 보였다.

차는 출발했고 주차장을 성공적으로 빠져나가 도로에 진입했다. 나는 우리 집으로 가기 위해 어느 길에서 어떻게 커브를 돌아야 하는지 몰랐고, 그래서 아빠가 가는 길이 맞는 길인지 알 수 없었다. 사실 운전에 대한 지식이 아무것도 없었다. 술을 마시고 운전해서는 안 된다는 것과 아빠가 너무 빠르게 달리고 있다는 것은 알았다.

나는 속도제한 표지판이 나올 때마다 아빠에게 알려주었다. 나중엔 그냥 속도계와 비교해보며 지금보다 더 천천히, 하고 말했다. 내가 표지판과 속도계를 비교할 때마다 아빠는 더 빨리 달리고 있었다. 그래서 나는 내내 천천히, 하고 말해야 했다.

한 시간 반 동안.

차는 어디에도 부딪히지 않고 집에 도착했다. 조금 삐딱하게 주차하긴 했지만. 그리고 나는 멀미를 하지 않았다. 내리고 나서 토하지도 않았다. 아빠는 여전히 비틀댔다. 나는 그것이 신기했다.

아빠는 거실에 엎드린 자세로 잠들었다.

나는 엄마가 큰 방 침대 위에 누워 있는 것을 확인하고 작은 방으로 들어갔다. 머리끈을 풀고 바닥에 누웠다. 별 모양을 만들었다. 그 다음은 부메랑. 쌍별. 권총. 탱크. 나비. 잠자리. 별 빼고는 모양이 좀 억지스럽지만 어쨌든. 손바닥에 머리끈을 놓자 그것은 다시 원형으로 돌아간다.

머리끈은 3차원 물체니까. 내가 지금 손가락으로 만지고 있는 머리끈 표면은 2차원. 내가 오늘 지나온 길들도 2차원. 우리가 살고 있는 지구는 2차원이다. 우주에서 보면 3차원. 멀리서 보면 답을 얻기 쉬워진다. 멀리서 보기 위해선 두 가지 방법이 있다. 첫 번째는 관찰자가 실제로 아주 멀리 가보는 것이다. 두 번째는 관찰자가 아주 작아지는 것이다. 그러기 위해서 사람들은 배에 탔고 탐사 기계를 보냈다. 현미경을 만들었다. 작아지는 약은 만들지 않았다. 미시 세계에 관심을 가졌을 무렵엔 기술이 충분히 발달한 상태여서 사람들은 기계의 관찰을 관찰했다. 그러나 우주정거장엔 여전히 사람들이 있다. 사람이 해야만 하는 일이 있을까? 아닐 것이다. 사람이 해야만 하는 일은 없다. 기계를 만들 돈이 부족할 때 빼고는.

공부를 많이 해서 지금보다 아는 게 많아지고 돈을 많이 벌면 우리 가족을 기계로 만들 것이다. 나도. 그럼 술 취한 아빠와 울고 있는 엄마를 피해 이 방에 누워 있는 일은 없을 것이다. 나는 나의 좋은 생각들만 기계에 이식할 것이다. 나중에 싫어지는 게 생겨도 금방 제거하면 된다.

나는 점점 차분해진다. 잠이 밀려온다. 그러나 평소의 느낌과는 다르다. 물속으로 천천히 가라앉는 것 같다. 경험해본 적 없지만 중력이 조금씩 사라져서 떠오르는 것 같기도 하다.

알았다. 잠이 밀려오는 게 아니다. 내가 잠 속으로 밀려나고 있는 것이다.

밀려나다…… 나는 그 말이 싫다.

3장

—

**침착하게
사랑하기**

애인

첫 연애를 하게 되었다. 애인은 이전에 무수한 남자를 만나다가 여자를 좋아하는 걸 깨달았으며, 나는 그가 만난 네 번째 여자친구다. 상대가 연애를 많이 해봤다는 사실이 오히려 마음을 편하게 한다.

"왜 하필 나야?"라는 질문에 "너 말고도 많이 만나봤지, 근데 지금 네가 젤 좋네"라고 능청스럽게 답변하는 사람.

지금 나는 자신 있게 말할 수 있다.

그가 좋다.

타인의 자랑이 된다는 것

내 애인은 95년생이다. 그리고 이때까지 만난 남자의 수는 서른셋이다. 어떻게 이런 기록적인 수치가 가능한지, 애인이 나의 첫 연애 상대인 나로서는 참 의문이다.

어째서 서른셋이라는 숫자를 다 알고 있느냐면, 사람들이 하도 몇 명 만나봤어요? 하고 물어봐서 날을 잡고 세어봤다고 한다. 기억을 더듬느라 꽤 오랜 시간이 걸렸다고.

서른세 명을 만났다는 사실을 알려주면 불안해하는 사람도 꽤 많았다고 한다. 이렇게나 많이 만났는데 나를?

하지만 나는 불안하지 않다. 왜냐하면 이렇게까지 많이 만났는데도 나같이 멋진 사람이 없었다는 뜻이고, 드디어 최종 보스로 내가 등장했다는 이야기니까!

놀랍게도 이십 대에 서른세 명을 만났음에도 아직 단 한 번의 바람도 없었다고 한다. 양다리도, 세다리도, 걸쳐본 적이 없다고 한다. 그렇다면 도대체 얼마나 빠르게 남자를 갈아치운 걸까?

애인은 대답해주지 않고 그저 자신이 일편단심이라고 말했다.

내가 보기에도 나에게는 일편단심이다.

애인이 블로그에 쓴 글을 보여주었는데 애인은 생각보다 나를 더 사랑하는 것 같았다. 그러자 나에게도 사랑하는 마음이 더 생겨버렸다. 다음은 애인이 블로그에 쓴 글 중 일부다.

무엇보다도 도하가 내 자랑을 했다고 할 때 나는 한없이 행복해진다. 타인의 자랑이 된다는 것은 아무리 노력해도 좀처럼 따라주지 않는 일. 그만큼 잘해야 하는 일. 또 나의 자랑이 되어버리는 일. 그만큼 뻗어나가 점점 커지는 일.

김승일의 「나의 자랑 이랑」이라는 시에서 김승일과 이랑은 사람을 여섯 종류로 분류한다. 선한 사람, 악한 사람…… 이랑은 김승일을 '선한 사람'이라고 분류하지만 막상 그렇게 분류되자 김승일은 다른 게 되고 싶었다고 말한다. 바로 '너를 자랑으로 생각하는 사람'. '나'로 인해 '너'는 누군가의 자랑이 되고, 어느 날 그런 네가 슬피 울 때 네가 나의 자랑이라는 걸 기억하기를 바라며 시는 마무리된다.

나를 자랑으로 생각하는 사람이 생겨서 기쁘다. 내가 슬피 울 때, 기억할 것이다. 내가 애인의 자랑이라는 걸. 또 애인이 슬피 울 때, 기억해주었으면 좋겠다. 애인이 나의 자랑이라는 걸.

초
능
력

애인이 배가 아프다 하여 나는 애인의 배를 쓰다듬어주었다. "도하 손은 약손" 노래를 부르며. 그러자 애인은 정말로 나아지는 것 같다고 말했다. "맞아. 나 약손 초능력 있어"라고 내가 너스레를 떨자 애인은 "진짜 초능력이 생긴다면 뭘 가지고 싶어?" 하고 물었다. 나는 고민도 없이 대답했다.

"난 가지고 싶은 초능력이 없어."

"정말? 난 주머니에 손 넣을 때마다 십만 원이 나오는 능력."

"오, 그건 좋은데. 합법적인 돈이겠지?"

"그래야지. 써도 뒤탈 없는 돈으로."

그런 식으로 초능력에 대한 대화를 나누다 내가 가지고 싶은 능력이 생각났지만 입 밖으로 꺼내지 않았다. 대신 여기다가 내가 가지고 싶은 능력을 쓴다.

침착하게 사랑하기.

침착하게 사랑하기

몸에 든 멍을 신앙으로 설명하기 위해 신은 내 손을 잡고 강변을 걸었다 내가 물비린내를 싫어하는 줄도 모르고

빛과 함께 내려올 천사에 대해, 천사가 지을 미소에 대해 신이 너무 상세히 설명해주었으므로 나는 그것을 이미 본 것 같았다
반대편에서 연인들이 손을 잡고 걸어왔다

저를 저렇게 사랑하세요? 내가 묻자
신은, 자신은 모든 만물을 사랑한다고 말했다

저만 사랑하는 거 아니시잖아요 아닌데 왜 이러세요 내가 소리치자

저분들 싸우나 봐, 지나쳤던 연인들이 소곤거렸다

신은 침착하게 사랑에 대해 이야기하고 나는 신의 얼굴을 바라보
지 않고 강을 보고 걷는다
강에 어둠이 내려앉는 것을, 강이 무거운 천처럼 바뀌는 것을 본다

그것을 두르고 맞으면 아프지만 멍들지는 않는다

신의 목소리가 멎었다 원래 없었던 것처럼
연인들의 걸음이 멀어지자 그는 손을 빼내어 나를 세게 때린다

디
디

디디는 애인이 키우는 고양이 이름이다. 디디는 신기하게도 강아지처럼 무엇을 던져주면 물어서 가지고 온다. 그리고 사람 무릎에 앉는 것을 매우 좋아한다. 또 아침이 되면 기다렸다는 듯 애인을 이곳저곳 깨물어서 깨운다. 이만큼 효과 좋은 모닝콜이 또 있을까. 밥이 없으면 밥그릇을 친다. 아무래도 천재 고양이 같다.

천재 고양이 디디가 우리의 사랑을 알고 있는지 모르지만 우리가 껴안고 있다거나 뽀뽀를 하면 디디는 멀리서 우리를 쳐다보고 있다. 디디, 너 사실 다 알고 있는 거지? 다 알면서 모르는 척하는 거지?

처음 디디가 언니 집에 왔을 때 디디는 만신창이였다.

2020년 여름, 경기도 광명시 재개발단지에 굴러다니던 아기 디디는 회충, 귀 진드기, 링웜, 허피스, 결막염에 걸려 있었다. 원래 가족이 있었는데, 어떤 남성이 아기 디디가 귀엽다고 무리에서 잠깐 나온 디디를 다른 아파트 단지로 옮겨버린 것이다. 그리하여 아기 디디는 가족을 잃었고, 길거리에서 야옹대며 쫓아다니다 애인의 동생에게 발견되었다.

원래는 임시 보호만 하려고 했지만, 정을 뗄 수 없었던 애인이 디디를 키우게 되었다. 병원에 데려갔을 때 의사는 디디보고 살 의지가 넘쳐나는 고양이라고 했다. 길에서도 어떻게든 자기 살 길을 찾았을 것이라고. 그러나 나는 그 말이 믿기지 않았는데, 애인이 처음 디디를 데려왔을 때 찍어 올린 사진이 정말 처참했기 때문이다.

지금 디디는 천재 고양이로 우리에게 예쁨받으며 나날이 성장하고 있다. 심지어 디디는…… 멋진 땅콩을 가지고 있다. 중성화 수술을 했음에도 불구하고 땅콩이 굉장히 커서 땅콩 모양을 그대

로 유지하고 있다. 언니는 손님이 오면 매번 디디의 땅콩을 자랑한다.

딱 한 가지 단점은 디디가 너무너무 똑똑하다는 것이다. 디디는 의사 표현을 너무 잘해서 가끔 피곤할 때가 있다. 무시하려고 해도 무시할 수 없게 만든다. 컴퓨터로 이렇게 에세이를 쓰고 있으면 내 무릎 위에 올라와 놀아달라고 키보드를 때린다. 심지어 ddddddddddddddd]]d]ddddddd]d]ddddd라는 메시지를 남긴 적도 있다! 이 정도면 디디는 천재가 아니라, 어쩌면…… 다른 생명체가 변장을 한 것이 아닐까?

약

"너 가방에 약들 다 뭐야?"

전화기 너머로 들리는 엄마의 목소리는 떨리고 있었다.

"나 불면증 때문에."

"그렇다고 약을 이렇게 많이 먹어?"

"나 요즘 잠 잘 자잖아. 다 그거 덕분이야. 그거 가방에 넣어놨
는데 어떻게 봤어?"

"가방이 다 열려 있으니까 봤지. 아무렇게나 내팽개쳐져 있으
니까."

짧은 정적.

"알겠어. 오늘 늦지 말고 들어와."

"응."

전화는 그렇게 끊겼다.

평범한 커밍아웃

내 나이 스물셋. 가출을 했다.

"너 그 기획자라는 분이랑 무슨 사이인 건데?"

서울로 가서 기획자님 집에서 에세이집 작업을 하고 싶다고 하자 엄마는 기다렸다는 듯 되물었다.

"무슨 사이냐니?"

"무슨 사이길래 그런 표현을 써?"

"그런 표현이라니? 엄마 내 방에 있는 쪽지 봤어?"

"그래! 봤다. 청소하다가 봤어."

"쪽지가 접혀 있는데 청소하다가 어떻게 봐."

"펼쳐져 있었어! 난 또 펜레터인 줄 알고 읽었지."

"그게 말이 돼?"

"그럼 뭐 하러 내가 그걸 보겠니. 무슨 사이야, 둘이."

"사귀어."

엄마는 깊은 한숨을 내쉬었다.

"사귀는 사이가 뭔데!"

"사귀는 사이가 뭐냐니?"

"사귀는 사이가 뭐냐고, 대체."

"연인 사이지. 무슨 대답을 원하는 거야?"

"평범하게 남자랑 만나면 안 되겠니? 난 니가 이러는 게 제일 걱정됐어."

며칠 전 엄마는 내가 정신과에 다니고 있다는 사실을 알게 되었다. 그러나 내가 정신병을 앓고 있다는 것보다도, 엄마가 제일 걱정한 것은 내가 여자를 만난다는 사실이었다. 나는 서러워 울었다.

"엄마는 그게 제일 걱정돼?"

"아니, 다른 것도 걱정되지. 약 먹는 것도 그렇고. 그래도 너 이제 어떡할래. 떳떳하게 말하고 다닐 수가 없잖아."

엄마. 난 이미 인스타에 연애 전시 왕창하고, 트위터에 간지 레즈 구한다고 글 올리고 살고 있었어……라고 말하지는 않았다. 엄마가 더 팔짝 뛸 것 같아서.

"난 네가 평범하게 살았으면 좋겠다, 좀!"

경상도 사람들은 잘 알겠지만, 여기서 "좀!"은 '조금'이 아니다. '그만해라, 나 지금 화났으니까'라는 의미다.

"뭐 때문에 그렇게 된 거야. 정신과는 왜 가. 엄마가 가도 모자랄 판에."

"왜 말을 그렇게 해? 나 솔직히 말하면 가족 때문에 가는 거야. 가족이 내 트라우마라서."

나는 자리에서 일어났고, 그대로 캐리어에 짐을 챙기기 시작했다. 노트북과 키보드, 마우스를 챙겼다. 집 앞에서 택시를 잡아 역으로 갔다. 영천에서 동대구로 가는 무궁화호를 타고, 동대구에서 서울로 가는 KTX를 타고, 다시 택시를 타서, 애인 집에 도착했다.

"어이, 가출 청소년."

애인은 나를 안아주었다.

"잘했어……."

나는 또 서럽게 울었다.

가족에겐 평생 커밍아웃을 하지 않겠다고 다짐했었는데, 이런 방식으로 하게 될 줄은 몰랐다. 그러나 작가로 살면서 글을 공개적으로 쓰는 이상, 지금이 아니더라도 언젠가 일어날 일이었을 것이다.

혹시 나중에라도 이 글을 읽게 될 엄마에게.
엄마, 여자가 여자를 좋아하는 것도 평범한 거야.
내 친구들 다 레즈비언이거든!

평범한 화해

「점심은 어쨌어

엄마가 힘이 되어줘야 되는데

다 헤아리지 못해 미안하다

약은 되도록 줄이고 건강까지 잃으면 안 돼

엄마도 용기 내어 법적인 절차를 진행하려 한다

밥 잘 챙겨 먹고 일해라」

「응 알겠어 밥 먹을게 엄마도 밥 먹어

나도 말 심하게 해서 미안해」

「아보카도랑 전복이랑 어제 장 봐 왔는데 암것도 못 먹고 가서 좀 그러네」

「엄마가 챙겨 먹어」

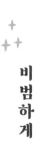

비범하게

애인과 커플 유튜브를 하기로 했다. 애인은 여자다. 만약 내 애인이 남성이었다면 내게 일어나지 않았을 일들을 떠올린다.

엄마와의 다툼, 평범하게 살라는 말. 어딜 가서 떳떳하게 이야기할 수 있겠냐는 말.

그래서 나는 떳떳하게 말할 수 있다는 걸 보여주기로 했다. 이 연애 역시 평범한 연애임을 보여주기로 했다.

유튜브 채널명은 '아는커플'이 되었다.

"내가 아는 사람들 중엔 동성 커플 없는데?", "그거 좀 이상하지 않아?"라고 말하는 사람들에게 이렇게 말해주기 위하여.

"저희는 '아는커플'입니다. 당신이 아는 커플이 저희일 수도 있습니다."

유튜브를 시작한 후 엄마와 한차례 더 싸웠다. 엄마는 엄마 생각은 안 하냐며, 사람들이 어떻게 볼지, 어떻게 수군댈지 생각하지 않느냐며 내게 화를 냈다.

나는 말했다. "엄마, 사람들이 우리를 어떻게 볼 것 같은데? 그런 것들이 창피해? 그럼 다른 사람들보다 엄마가 우리를 먼저 그런 시선으로 보고 있는 거야. 창피하게 생각하고 있는 거야. 그렇지 않다면 그런 시선을 신경 쓸 이유가 없어."

"네가 사람들을 아직 몰라서 그래."

엄마는 이렇게 말하며 펑펑 울었다. 그래, 나는 사람들을 모른다. 사람들이 우리 사랑을 어떻게 생각하는지, 몇 명이나, 몇 퍼센트나 우리를 반대하는지 모른다.

"꼭 그래야만 하겠니. 제발, 제발 평범하게……. 내가 널 어떻게 키웠는데. 내가 얼마나 힘들었는데."

도돌이표처럼 같은 말들을 반복하며 엄마와의 대화는 끝이 났다.

사정을 알게 된 오랜 친구는 내게 우스갯소리로 이런 말을 전해주었다. "야, 만 스물에 신춘 당선된 거부터가 비범한데 어떻게 평범하게 살아, 그냥 '나 안 평범해!'라고 그래."

그래, 평범의 기준이 엄마가 말한 것들이라면, 사람들 시선에 승인되는 것이 평범한 것이라면,

난 그냥 비범하게 살겠다.

담배

엄마와 싸운 날, 처음으로 담배를 샀다.

연초는 아니고 일회용 전자담배 버블몬이었다. 삐뚤어지겠다, 다짐하고 산 것이었는데 나는 담배 피우는 법도 몰랐고 그저 빨아당겼다가 내뱉으며 콜록댈 뿐이었다. 애인은 날 보며 웃었다. "담배 그렇게 피우는 거 아닌데." 내가 받아쳤다. "담배 피우는 방법 잘 알아서 뭐 하게."

결국 나는 버블몬을 몇 번 피우지도 않았고, 버블몬은 애인 차지가 되었다.

"담배를 처음 피울 땐 대체로 가오 때문에 하는 거 솔직히 맞아."

적어도 나는 그랬어, 덧붙이며 애인이 말했다. 애인은 학창시절 때부터 담배를 피웠다고 한다. 내 주변에 담배 피우는 사람들은 대개 학창시절부터 담배를 피워온 사람들이다.(이 글을 읽고 있는 흡연자분들, 여러분도 그런가요?)

"그렇게 피우다 언젠가부터 없으면 죽을 것 같은 거지. 그러니까 애초부터 안 피우는 게 좋아."

애인은 담배를 피우며 말했다.

"내가 하기엔 좀 웃긴 말이지만…… 힘들다고 담배 피우고 그러지 마."

나는 고개를 끄덕였다.

"근데 돈 많으면 피워도 돼."

애인이 웃었다. 애인이 담배 사는 데 드는 한 달 고정지출 비용은 20만 원이다.

주의. 이 글을 읽는 청소년분들, 돈 많으셔도 따라 하시면 안 됩니다.

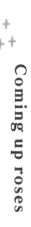

Coming up roses

애인과 호텔에서 영화 「비긴 어게인」을 보았다. 애인은 「비긴 어게인」을 아주 좋아한다고 했다. 그만큼 집중해서 영화를 보았다. 나는 처음에는 애인과 적당히 장난치고 술을 마시며 보고 싶었지만 애인이 생각보다 더 집중해서 보는 바람에 나 역시 집중해서 영화를 보게 되었다.

「비긴 어게인」을 보면서 알게 된 말이 하나 있는데 바로 'Coming up roses'다. 인생이 장밋빛이다, 할 때의 그 장미를 데려온 말로 '잘될 거야'라는 숙어. 갈 곳 잃은 그레타가 골목에서 부르던 노래의 제목.

호텔에서 샤워를 하고 애인의 집으로 돌아가는 내내 머리가 어지러웠다. 술을 많이 마신 것도 아니었는데 멀미가 너무 심하게 났다. 유자레몬티를 샀지만 전혀 도움이 되지 않았고 집에 도착한 후 그것을 그대로 다 토해냈다. 머리가 아파왔다.

안정제와 감기약을 먹고 잠에 들었다 일어난 후에는 조금 괜찮아졌지만, 그것도 잠시뿐 다시 어지럼증에 시달리기 시작했고 나도 모르게 눈물이 뚝뚝 흘렀다. 애인은 놀라서 물수건을 가져다 이마에 올려주고 몸을 닦아주었다. 열이 37.8도까지 올랐다.

혹시 체한 건가 싶어 난생처음 손을 따보았다. "아파!" 내가 소리쳤다. 손을 딴 보람이 없게도 붉은 피만 나올 뿐이었다.

밤, 애인이 계속해서 물수건을 갈아주고 몸을 닦아준 덕에 열은 정상범주로 돌아왔다. 어지럼증과 두통도 훨씬 나아졌다. 그러나 다음 날 본가로 돌아가 짐을 싸야 했으므로 일찍 일어나야 했는데 달아난 잠이 다시 오지 않았다.

"잠이 안 오네. 내일 어떻게 하지?" 내가 안절부절하자 애인이 덤덤한 목소리로 답했다.

"괜찮아. 열도 내릴 거고, 잘 도착할 수 있을 거고, 짐도 잘 쌀 거고, 엄마랑도 화해할 수 있을 거야. 잘될 거야."

Everything coming up roses, 그레타의 목소리가 귓전에 맴돌았다.

술

술을 무척 싫어했다. 아빠가 알코올 중독이었기 때문이다.

그래서 최대한 안 마시려고 했지만······. 스무 살, 술을 알게 된 후부터 나는 술을 계속 계속 마셔야 하는 민폐 주사를 지닌, 알코올 중독자가 되었다. 정신과에서 약도 처방받았지만 쉽게 고쳐지지 않았다.

술에 취해 정신을 잃는 것, 그게 좋았다.
아무 생각도 안 해도 되니까.

지금은 그러지 않는다. 자살 사고가 시작되면 술을 마시지 않고 안정제를 먹는다. 아니, 반쯤은 거짓말이다. 아직도 술을 찾을 때가 많다.

그렇지만 나는 아빠와 같은 사람이 되지는 않을 것이다. 술을 마시고 물건을 집어던지거나 폭력적으로 변하지 않을 것이다.

오늘도 술 약속이 있긴 하지만!

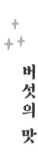

버섯의 맛

시인 친구들 셋을 만나 버섯튀김과 막걸리를 먹었다.

애인은 비건 지향인으로, '페스코'다. 육류는 먹지 않고 생선, 동물의 알, 유제품은 먹는다. 같이 모인 시인 중 이유운 시인도 육고기는 먹지 않는다. 그래서 우리의 안주는 버섯튀김이 되었다. 나는 애인과 같이 지내며 자연스레 고기를 멀리하게 되었는데 나쁘지 않다. 오히려 애인 집에 살면서 살이 쪘을 정도다. 가지볶음 같은 채식 음식도 해 먹게 되었는데, 가지는 급식에서 물렁물렁 흐느적흐느적 무침으로 남기에는 아까운 재료였다는 사실을 깨달았다. 요즘은 야채의 맛을 속속들이 알아가는 중이다. 버섯 역시 그러하다. 우리의 안주 버섯튀김은 류휘석 시인이 직접 만들었는데, 겉은 바삭하면서도 속은 버섯 즙이 살아 있는 대단한 음식이었다.

세종대왕은 고기를 좋아해 이런 말을 남긴 적이 있다.

"고기는 씹을수록 맛이 난다. 그리고 책도 읽을수록 맛이 난다. 다시 읽으면서 처음에 지나쳤던 것을 발견하고 새롭게 생각하는 것이다. 말하자면 백번 읽고, 백번 읽히는 셈이다."

세종대왕이 류휘석 시인의 표고버섯 튀김을 먹었다면 '고기' 자리엔 '버섯'이 들어가게 되었을 것이다!

물론 읽을수록 맛이 나는 글을 쓸 수 있게 한글을 만들어준 데에는 무한한 감사를.

소리의 다짐 소의 눈과

나의 애인 한소리는 육류는 되도록 먹지 않으려고 한다. 다른 사람들이 그러하듯이 태어날 때부터 고기를 멀리한 것은 아니다.

소리는 횡성에 있는 독채 펜션에 2주간 머물기로 했다. 펜션에 머물면서 마음을 산뜻하게 만들고 싶었기 때문이다. 소리는 횡성에 도착했다.

횡성 하면 소지, 소리는 생각했다.

그렇듯 횡성에는 소가 정말 많았다. 펜션은 펜션촌에 있지 않고 산속에 있어 펜션으로 가는 길에는 소들이 가득한 축사가 늘어서 있었다. 소리는 그날 사람보다 소를 더 많이 보았다. 가까이서 소의 눈을 보기도 했다. 소의 눈은 검고 깊었다.

그날 소리는 시내에 나갔으나 소를 먹지 않고 치킨집으로 발을 돌렸다. 아버지가 횡성 하면 소지, 하며 소고기를 사주겠다고 하였으나 이제 소를 먹지 않겠다고, 소리는 말했다. 치킨이라고 다를 바는 없었지만 소는 도저히 먹을 수가 없었다. 그날 저녁은 양념치킨 조각보다 양념된 쌀떡이 더 맛있었다. 비가 내렸는데 후덥지근하지는 않던 저녁이었다.

횡성에는 계획했던 2주의 절반인 1주만 머물게 되었다. 무척 더운 여름이었고 펜션은 컨테이너나 다름없었고 찬물만 나왔기 때문이었다. 그리고……

언젠가는 죄책감 없는 식탁에 앉게 될 수 있지 않을까? 소리는 생각했다. 하나씩, 하나씩 실천해나가야지. 소리는 비건 지향인이 되기로 했다.

설
표

고양이가 내 몸을 뛰어넘는다. 나는 바닥에 누워 있고, 바닥에 누워 있는 일 외에 내가 무엇을 해야 하는지 생각하고 싶지 않다. 누워 있는 사람은 넘어가지 않고 둘러서 피해 가는 게 예의라고 배웠다. 그러나 고양이는 그런 걸 신경 쓰지 않는다. 그냥 풀쩍 뛰어넘어버린다. 밟고 갈 때도 있다. 고양이한테 누워 있는 내 몸은 그냥 지형지물일 뿐이다. 그 무심함이 마음에 든다.

그러나 설표는 그러지 않는다. 설표는 흰 털에 푸른 눈을 가진 고양이다. 털이 조금 푸석푸석하다. 웬만하면 사람 몸에 밀착하지 않는다. 1년 전쯤 우리집에 왔다. 설표는 원래 설표가 아니었다. 다른 이름이 있었고 다른 집에 있었다. 원래 주인이 사정상 키우기 어렵게 되어서, 다시 키울 수 있을 때까지 맡기로 했다고 엄마는 말했다. 그러나 1년이 지나도 원래 주인은 설표를 데려가지 않았다. 주인은 결혼을 했고, 배우자가 반려동물을 들이는 걸 원하지 않았다고 했다.

그리고 몇 달 전 엄마의 지인은 동물병원에서 설표의 주인을 마주쳤다. 그 주인은 고양이를 안고 있었다. 둘 다 무척 당황스러워했고, 병원을 나설 때 주인은 엄마에게 전해달라며 엄마의 지인에게 쪽지를 주었다.

쪽지에는 죄송합니다……라고 적혀 있었다.

들리는 소문에 의하면 주인은 결혼 후 200만 원짜리 품종묘를 들였다고 했다. 나는 화가 났다. 주인의 거짓말에도, 우리 집이 만만하게 보여 사실상 유기 장소로 이용된 데에도. 우리 집은 동물 한 마리쯤 가뿐히 더 건사할 수 있을 정도로 넉넉한 환경이 아니었다. 이미 키우는 고양이들도 있고. 그러나 우리 집의 경제주체는 내가 아니었고, 고양이를 더 들일지 말지 결정할 수 있는 것도,

고양이를 케어하는 것도 내가 아니었다. 그건 엄마가 했다. 그러니 내가 화난 표정을 지어도 달라지는 건 없었다.

"다른 이름을 지어주자."

내가 제안했고 우리는 전 주인이 지어준 이름으로 설표를 부르지 않기로 했다. 그러나 그 이름이 입에 붙어버린지라 도통 익숙해지지가 않아서, 설표는 대체로 원래 주인이 지어준 이름으로 불렸다. 설표는 우리 집에 놀러왔던 친구가 "설표처럼 생겼다"고 말해서 붙여본 이름인데, 나는 설표가 어떤 이름을 가져야 좋을지 잘 모르겠다.

고양이는 무심해 보인다. 책상 위에 있는 물건들을 모조리 떨어트리고, 매트리스를 다 뜯어놓고, 머리끈을 냉장고 밑, 장롱 밑, 침대 밑으로 슉 넣어버리고 모르는 척하고. 사람의 기분은 도무지 신경 쓰지 않는 듯하다.

그렇지만 고양이에게도 마음이란 게 없지는 않을 것이다. 다른 집으로 이동하거나 200만 원이라는 가격이 매겨지는 일은 바라지 않을 것이다.

죄송합니다……라고 적힌 쪽지는 지금 어디다 뒀는지 모르겠다. 그건 고양이가 가지고 놀던 머리끈처럼 영영 사라져도 상관없다. 그러나 설표가 그것을 원한다면 설표에게 알려주고 싶다. 설표가 원한다면, 설표가 알려줄 수 있다면, 설표가 가지고 싶은 이름으로 설표를 불러줄 텐데.

　"설표야" 하고 불러도 설표는 대답이 없다. 고개를 돌려본다. 설표는 코트 밑에서 잠을 자고 있다. 그냥 눈을 감고 있는 걸 수도 있다. 나의 언어로 옮기기 힘든 고양이다운 몽상에 잠겨 있을 수도. 코트에 흰 털이 잔뜩 묻었을 텐데 설표도 나도 한 번 누운 자리에선 도통 일어날 줄을 모른다. 우리는 한참 그렇게 있다가 허기를 참을 수 없어지면 스르르 일어나 밥을 먹고, 밥을 씹다 불쑥 찾아온 외로움을 스스로 풀어낼 길 없어 창밖만 멍하니 바라볼 것이다. 창밖의 풍경을 바라보며 떠올린 심상이 상심으로 변하기 전에 나는 코트에 붙은 털이나 테이프로 떼자고 결심할 것이고, 떼는 동안 설표가 코트에 벌러덩 누워 일을 허사로 만들지 않도록 바닥에 머리끈을 던져 관심을 돌릴 것이다. 그럼 설표는 흰 발로 머리끈을 이리저리 차다가 사람 손이 닿지 않는 곳으로 슥 밀어 넣겠지.

한 책

2019년 여름, 성북문화재단 도서관기획팀에서 국가장학생으로 일했다. 당시 내가 하던 일들은 간단한 문서 편집, 영상 편집, 이미지 편집 같은 소일거리였는데 그중에서 가장 많은 시간을 들였던 건 '녹취록 풀기'였다. '한 책' 선정과 관련한 주민 토론을 문서화하는 작업이었다.

한 책이란, 'One City One Book'이라는 슬로건에서 따온 것으로 한 도시마다 한 권의 책을 뽑는 행사를 말한다. 한 책을 뽑는 과정에서 사람들이 그해 나온 책들을 읽어보고, 추천하고, 토

론하게 되며 주민들을 더 긴밀한 관계로 만들면서 독서량을 늘릴
수 있는 프로젝트다.

처음 녹취록을 풀 때는 영혼을 빼놓고 들리는 대로 빠르게 타
자를 치는 일에 집중했다. 빨리 일을 끝내고 싶었기 때문이다. 그
러나 하면 할수록 주민들이 책에 대해 대화하는 것들이, 그 주제
들이, 주민들의 이야기들이 들리기 시작했다. '이 사람이 어떤 말
을 하고 있나'에 집중해서 타자를 치다 보면 맥락을 이해하기가
쉬웠고 작업 속도가 더 빨라졌다.

작업 속도만이 이득은 아니었다. 이렇게까지 책을 사랑하는
사람들이 있다는 사실을 체감하게 되었으니까. 동종업계 종사자
중에선 문학판은 이미 망했다며 스스로의 애정도 식고 독자들도
많이 떠나갔음을 이야기하는 사람이 많다. 그들에게 아직 이렇게
책을 좋아하는 사람들이 있고 또 그 사람들이 좋은 이야기를 만
나기를 고대하고 있으며 그 이야기에 대한 이야기를 나누고 싶어
한다는 사실을 알려주고 싶다.

토론하는 주민들을 직접 만나본 적은 없으나 그들은 나에게
생생한 인물이다.

이야기에 대해 열을 올리던 그 목소리들.

그 목소리들을 들으며 나의 작업을 돌아보게 되었다. 나의 경우 시 장르를 가장 많이 쓰는데 시의 경우 읽고 싶어도 읽기 어렵고 무엇부터 읽어야 할지 모르겠다는 이야기가 많이 오갔다. 그래서 이 책을 집필할 때 그들의 의견을 많이 떠올렸다. 에세이로, 단상으로, 미니픽션으로 먼저 쉽고 재밌게 이야기를 풀어가다 중간 중간 시를 배치하는 방식으로 이 책을 꾸렸다.

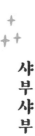

샤부샤부

내가 세상에서 제일 좋아하는 음식은 샤부샤부다. 샤부샤부가 맛없으면 범죄다. 샤부샤부는 끝도 없이 먹을 수 있다. 게다가 이름이 샤부샤부라니, 얼마나 멋진가. 한국어로 따지면 살짝살짝, 찰랑찰랑, 같은 이름!

찰랑찰랑 야채들을 담갔다가 살짝살짝 정신을 차리고 보면 야채들이 끝없이 졸아 들어가는 모습이 즐겁다. 청경채도, 양배추도, 배추도, 버섯도 너무 맛있다!

맛있다, 맛있다 하면서 먹다 보면 국물이 어느새 졸아들어 있는데 이때 육수를 몇 번이고 추가해서 야채를 더 넣어 먹는다. 이제 더 이상 안 돼, 싶을 때면 칼국수를 넣어 먹는다. 졸아든 국물을 보며 이번에야말로 더 이상 안 돼, 싶을 때면 죽을 해 먹는다.

고기를 조금 멀리하게 된 후부터 고기 없이도 샤부샤부를 해먹은 적이 있는데 여전히 맛있었다. 안 되겠다, 오늘 저녁은 샤부샤부다.

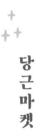

당근마켓

오빠 대신 자전거를 팔았다. 트랙 1.1, 17년식 자전거.

「안녕하세요.

엄마 아들이 군대 갔는데 자전거 좀 팔아달라네요. 외관은 사진으로 확인해주세요. 오늘 찍은 거라 실물이랑 똑같다고 보시면 돼요! 좋은 자전거 저렴하게 구하는 지인들에게 알려주세요. 로드자전거 입문용으로 많이 타고, 검색해보시면 평이 굉장히 좋은 자전거입니다!」

꽤 비싼 자전거라 '팔릴까?' 의문이 들었는데 사겠다는 사람이 나타났다. 나는 우리 집 근처 학교에서 그 사람을 기다렸다.

그리고 거래를 하러 나온 사람은…… 러시아인이었다.

곧 귀국하는데 자전거를 사서 간다고 했다. 러시아인은 한국어를 거의 못했고, 번역기를 사용해가며 자전거를 탈 수 있겠느냐 물었다. 같이 온 한국인 직장 동료도 있었지만, 그들도 러시아어를 할 줄은 모르는 듯했다. "아니 점마는 곧 고향 간다면서 뭔 자전거를 여기서 산다카노"라고 자기들끼리 뒷담화를 할 뿐.

러시아인은 네고를 잘했다. 번역기로 '그녀는 너무 낡은 것 같습니다'라는 문장을 보여주었다. 나는 오빠에게 연락해 지금 상황을 이야기해주었다. "러시아인?" 오빠는 한숨을 쉬며 30만 원이하로는 안 된다고 못을 박으라고 했다.

그러자 러시아인은 사지 않겠다는 초강수를 던졌다. 나는 오빠에게 한 번 더 연락했다. "자전거 상태가 어떤데. 나한테 사진 보내봐. 상태 한번 보자." 나는 자전거의 이곳저곳을 찍어 오빠에게 전송했다. "음……."

러시아인이 승리했다. 러시아인은 오빠가 마음속으로 품고 있었던 최저 한계선까지 가격을 깎았다. 그리고 당장 ATM으로 가서 현금으로 나에게 26만 원을 건넸다.

"반절은 너 가져라. 엄마랑 외식하고."

오빠가 말했다. 나이스!

그렇게 나의 첫 중고거래는, 곧 귀국하는 러시아인이 어째서 한국에서 자전거를 샀는지는 아직도 의문이지만, 성공적으로 끝났다.

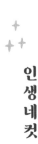

인생네컷

친구들과 만나면 인생네컷을 찍는다. 인생네컷은 스티커 사진의 발전형으로, 작은 부스 안에 들어가 네 컷의 사진을 찍으면 기다란 필름 모양으로 즉석 인쇄를 할 수 있다.

어째서 이름이 인생네컷일까, 생각해보면 유행어인 '인생샷(인생에서 손에 꼽을 만큼 잘 나온 사진)'과 '네 컷'을 합친 것 같다. 그러나 '인생네컷'이라는 단어만 바라보면 '인생에서의 네 컷'처럼 보인다.

인생에서의 네 컷.

만약 그런 것을 남길 수 있다면 나에게 남을 네 컷은 무엇일까 문득 궁금해진다. 나의 인생에서 '인생의 장면'이라고 손꼽을 만한 순간들은 언제였을까.

그러나 그런 말은 조금 이상하다. 인생의 장면이라니. 그건 매 순간순간이 아닌가.

매 순간순간이 인생의 장면이라고 생각하면 인생을 열심히 살아야지, 싶다가도 뭐 어때, 대충 살아, 해버린다. 이렇게나 많은 장면이 남는다면 고르기도 힘들겠다. 그러니 장면을 고르는 데 시간을 낭비하기보다는 매 순간순간을 잘 살아나가야지, 생각한다. 초월적인 존재가 있다면 알아서 골라주겠지. 내 인생의 하이라이트를.

펩
시

여러분은 펩시와 코카콜라 중 어느 게 더 좋으신가요?

답변은 듣지 않습니다.

저는 펩시파이기 때문입니다.

펩시를 좋아한다고 하면 주변에서 으, 하는 눈초리를 보낸다.
당연히 코카콜라가 압승 아니냐고. 그러나 난 펩시가 좋다!

초등학생 시절, 난 밴드 오아시스를 좋아했다. 그때 오아시스
와 코카콜라 간 소송이 있었고, 오아시스의 멤버 노엘이 "자! 우

리 모두 펩시를 마시자!"라고 한 후부터 나는 절대적 펩시파가 되었다.

사실 밴드 오아시스를 좋아하게 된 이유는 그 당시 네이버 블로그 이웃이었던 중학생 언니가 오아시스의 광팬이었기 때문이다. 나는 그 언니를 좋아했다. 즉, 나는 그 언니가 좋아 펩시까지 좋아하게 된 꼴이다.

또한 나는 사람들이 무언가에 열광하고 있으면 그것이 좋아진다. 그것을 그렇게도 좋아하는 사람들의 마음이 내게 옮기 때문이다. 매번 인기투표에서 이기는 코카콜라를 뒤로한 채 펩시만 사 마시는 사람들, 그 사람들의 확고한 취향이 좋다. 그러니까,

자, 우리 모두 펩시를 마시자!

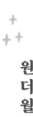

원
더
월

And all the roads that lead to you were winding

그리고 네가 걸어가야 할 모든 길은 굽어져 있고

And all the lights that light the way are blinding

너를 안내하는 빛은 너를 눈멀게 하고

There are many things that I would like to say to you

너에게 하고 싶은 말이 많은데

I don't know how

어떻게 해야 할지 모르겠어

I said maybe you're gonna be the one who saves me

언젠가는 네가 나를 구원해줄 것 같아

And after all you're my wonderwall

결국 넌 나의 원더월이니까

오아시스의 「Wonderwall」을 처음 들었을 때를 잊을 수 없다. 그때 나는 초등학생이었고 앞에서 말했듯 블로그 이웃인 언니가 오아시스를 좋아해서 들어보았는데……

나는 'wonderwall'이라는 단어에 푹 빠져버렸다.

사전에 나와 있지 않은 단어. '나를 구원해줄 너'를 의미하는. 모든 걱정을 초월하고 결국 넌 나의 원더월이니까,라고 말할 수 있게끔 하는.

나는 내 인생에 어떤 형태로든지 나타날 원더월을 상상할 수 있게 되었다.

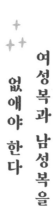

여성복과 남성복을 없애야 한다

'옷을 그려보세요'라고 했을 때 사람들은 어떤 옷을 그릴까? 내가 생각하기에 가장 간단한 형태는 이런 것이다.

장식 요소가 거의 들어가지 않은 옷. 딱 달라붙지 않는 옷. 물

론 그리기 귀찮아서 그리지 않은 걸 수도 있지만, 내가 하고 싶은 말은, 단지 '옷'이라는 걸 떠올릴 때 우리가 디폴트로 생각하는 건 여성복보다는 남성복에 가깝다는 사실이다.

'디폴트 패션'이라는 단어를 접한 후로 여성복을 사는 것이 꺼려지게 되었다. 난 여전히 레이스와 끈, 장식, 원피스, 타이트한 옷들을 좋아하지만. 사람을 칭할 때 'man'이라고 부르듯 사람의 옷 역시 'man'이 디폴트값이었다는 사실을 깨닫자 무언가 잘못되었다는 느낌이 들었다. 어째서 이 옷들이 'man'으로, 'woman'으로 분류되었을까를 생각하다 보면, 젠더이분법으로 성별을 여성과 남성으로만 나누고 그중에서도 남성이 기준이 되는 사회가 의복에 그대로 투영된 것이었다. 또한 여성은 무언가 더 꾸며야 하고 더 작은 옷을 입으며 덜 활동적이라는 편견에 의해 분류 체계가 작동됨을 알 수 있었다.

스물한 살 때 나는 일부러 머리를 자르고 편한 옷을 주로 입고 다녔다. 화장도 최소한으로 했다. '디폴트 패션'의 중요한 점은 '편하다/편하지 않다', '꾸민다/꾸미지 않는다'가 아니고, 여성복과 남성복의 개념에서 벗어나 가장 기본적인 형태의 옷을 입는 것이다.

나는 여전히 레이스와 끈, 장식, 원피스, 타이트한 옷을 좋아하지만 이제는 넉넉하고 깔끔한 옷도 좋아하게 되었다. 어렸을 때부터 내가 '여성복'을 입지 않았다면 내 취향은 조금 더 많이 달라졌을까?

최근 톰브라운 패션쇼에서는 여성과 남성 모델이 똑같은 옷을 입고 나란히 런웨이에 섰다고 한다. 내 다음 세대의 아이들은 여성복과 남성복의 구분 없이, 입고 싶은 옷을 다양하게 입어보며 자신이 원하는 취향을 가졌으면 좋겠다.

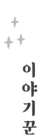

이야기꾼

엄마가 아주 어렸을 적 엄마 집안은 담배 농사를 했다. 때문에 가족 모두에게서 담배 냄새가 났는데, 그 영향으로 엄마는 지금 도 담배를 무척 싫어한다. 특히 할아버지는 담뱃잎을 직접 말아 피웠는데 냄새가 아주 독했다고 한다.

할아버지와 할머니가 밤새도록 담뱃잎을 고를 때, 엄마는 옆 에서 그 둘이 잠들지 않도록 이야기꾼 역할을 해주어야 했다. 엄 마는 오전에 「신비한 TV 서프라이즈」 같은 쇼프로그램을 보며 이야기를 외웠다가, 밤이 되면 할아버지와 할머니 옆에서 그 이야기들을 들려주었다.

어쩌면 내가 가지고 있는 이야기꾼의 기질은 엄마에게서 온 것이 아닌가, 생각한다. 여러 이야기를 수집했다가 재밌는 이야기들을 골라 잠이 깨도록 사람들에게 들려주는 능력.

담뱃잎을 말고 있는 할아버지와 할머니 곁에서 최대한 재밌게 이야기를 전해주는 엄마에 대해 생각한다. 지금 엄마는 내가 동성애자라는 사실과 더불어 나에 대한 배신감으로 연락을 하지 않고 있지만, 언젠가 엄마가 나의 이야기를 이해할 날이 올 것이라고 믿는다.

나의 이야기는 한편으로는 고통스럽겠지만, 한편으로는 아주 재밌는 이야기라는 것을.

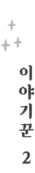

이
야
기
꾼
2

새벽부터 내린 비가 종일 그치지 않고 있다. 이렇게 폭우가 내리는 날엔 메리 셸리의 『프랑켄슈타인』을 떠올린다. 그 소설은 메리 셸리가 스무 살일 적, 폭우가 치는 날 친구들과 함께 이불을 뒤집어쓰고 나누던 괴담에서 출발했기 때문이다.

열일곱 살인 나 역시 폭우가 내리는 날 기숙사에서 친구들에게 괴담을 들려주고 있었다. 우리 학교는 시내와 멀기도 멀었고 폭우 때문에 집에 내려가는 친구가 거의 없었다. 친구들은 숨을 죽이고 내 얘기를 듣다가 이따금 헉, 소리를 내며 "진짜야?" 묻기도 했다.

"응, 진짜야. 가위에 눌려서 컴컴한 초록빛으로 장면들이 보이는데, 억지로 눈을 돌리니까 옆에 긴 머리 여자가 누워 있더라고. 엄마구나, 하고 안심했지. 근데 다시 눈을 감았을 때 생각났어. 너네도 알잖아, 우리 엄마 단발인 거."

지금 생각해보면 촌스러운 반전에 유치한 이야기들이었지만 친구들은 내가 해주는 괴담 이야기를 좋아했다. "야, 차도하, 무서운 이야기 하나만 해주라" 하면 나는 목소리를 깔면서 무서운 이야기를 들려주었다.

숨을 죽이고 내 이야기를 경청하던 친구들.
기숙사 지붕과 창문을 두드리던 빗소리.
숨을 고르고 이야기를 내뱉던 나.

비가 그치지 않는 날엔 열일곱 살의 나, 스무 살의 메리 셸리, 그리고 열 살의 엄마를 떠올린다. 만능 이야기꾼이었던 우리를. 사람들의 잠을 달아나게 하던 우리를.

죽고 싶다는 마음이 언젠가

죽고 싶다는 마음은 어디에서 생겨나 어디로 흘러가지? 나는 항상 죽고 싶다.

엄마는 내게 살고 싶지 않다는 말을 했다.
살고 싶지 않다는 말은 죽고 싶다는 말과 같은 말일까?

가족과 제대로 마음을 터놓고 이야기를 할 날이 언젠가 오게 될까?

아빠는 엄마와 오빠와 나를 때리고,

엄마와 오빠는 나를 때리던,

그 시간들을 각자의 입장에서 이해할 날이.

장도리를 든 아빠와, 구석에 몰린 엄마와

문틈 사이로 그걸 지켜보다가

잠들었던 나를,

이해하게 될 날이.

침대에 가만히 앉아 그 시간을 떠올리면

고여 있는 마음이 점점 썩어가는 게 느껴진다.

죽고 싶다는 마음,

그 마음이

어딘가로 흘러가는 날이 언젠가 오게 될까?

어딘가의 천장 밑 혹은 아래에서

　한편 나는 살아 있었다. 어떻게 살아 있지? 유튜브에서 탕후루 만들기나 병아리콩 머랭 만들기 영상을 아무 생각 없이 보며 나는 이따금 그런 의문을 품었다. 내가 어떻게 살아 있지? 그러나 어떻게 살아 있냐니?

　잘 만든 귤 탕후루의 겉면을 숟가락으로 팍, 하고 내리치는 장면을 보며 나는 삶을 받아들였다. 유튜브 댓글에는 이런 게 달려 있었다. '당신은 인생에서 10분 5초를 탕후루 만들지도 않을 거면서 탕후루 만드는 영상을 보는 데 사용했습니다.' 그리고 답글로 이런 게 달려 있었다.

'인생에서 가장 유익한 시간이었습니다.'

나는 그것을 캡처해서 트위터에 올렸다. 그리고 타임라인을 구경했다. 구경하다 보니 왠지 짜증이 났는데, 짜증이 나다가도 지쳐서 짜증내는 걸 그만두고 화면을 밀었다. 내용을 읽는다기 보다는 위로 올라가는 활자들을 구경했다. 가끔 귀여운 소동물이 나오면 멈췄다. 그렇지만 '햄스터가 지구를 구한다' 같은 문구를 보면 또 짜증이 치밀었다. 구하고 싶으면 너나 구해. 하지만 아무 생각 하지 않고 햄스터가 몸을 천천히 늘어뜨려 작은 호떡처럼 변하는 영상을 보고 싶기도 했다.

그런 식으로 두 시간을 보냈다. 슬슬 잠이 왔고 핸드폰을 내려 놓고 싶었다. 그러나 어디에? 나는 대체 어디서 이 일들을 하고 있는 걸까?

나는 내가 있는 장소를 신경 쓸 겨를이 없었다. 이제 내가 어디 있는지 별로 알고 싶지가 않았다. 나는 유튜브나 트위터나 인스 타그램, 카카오톡 그 어딘가에 있었다. 세상 모든 존재가 저마다 의 생각을 가지고 혹은 가지지 않고 어딘가에서 살아가거나 살아

가지 않고 있다는 사실을 상기할 때면 숨이 벅차다.

　누워서 천장을 오래 바라보면, 천장 위 바닥에 누워서 천장을 오래 바라보고 있는 사람이 보인다. 그 사람 옆에 누워서 비밀을 털어놓고 싶었다. 숨을 나눠 가지고 싶었다.

내가 되고 싶은 사람

1년 365일 중에 300일은 우는 것 같다. 밤이 되면 몸이 가렵고 생각과 함께 몸을 뒤척이다 보면 눈물이 난다. 내가 왜 우는지 생각해보면 답은 하나다. 내게 너무 필요한 것이 있는데 나한테 그게 없기 때문이다. 나는 내 품에 꼭 끌어안을 수 있는 게 필요하고 내가 그 품에 꼭 안길 수 있는 게 필요하다. 애인 말고. 나는 애인 보단 의사가 필요하고 의사보단 부모가 필요하고 부모보단…… 내가 필요하다. 그거다. 내가 필요한 게. 내 몸에 꼭 맞는 내가.

지금 내 몸에 들어가서 몸을 움직이고 말하는 게 누구인지 생각하면 어지럽다. 이런 말 쓰고 싶지 않은데 모든 일이 연기 같다. 걷는 것도, 일상적 대화도 그렇다. 아주 어릴 때부터 정말 아무 말도 하고 싶지 않았다. 소파에 누워서 계속 자고 싶었다. 그럴 수는 없으니 성인이 될 때까지만 연기라고 생각하고 살자……고 다짐했는데. 열아홉 살 때는 이름도 바꾸고 서울로 대학도 왔는데 그럼에도 불구하고 나는 나였다.

누군가와 가까이 걸으면 세 걸음 떨어져서 걷고 있는 나를 상상한다. 그럼 뭐 해. 육체가 여기 있는데. 너는 이 몸으로 걷고 밥도 먹고 얘기도 하고 술도 마시고 키스도 했단다. 진짜 네가 미쳤구나. 그런데 어느 날 대학 친구랑 울면서 얘기하다가 깨달았다. 얘도 연기하네?

그날 처음 깨달은 건 아니다. 일생이 연기 같다는 이야기는 너무 많이들 하니까. 그런데 어느 날은 그게 너무 잘 느껴지고 그럼 너무 쓸쓸해진다. 우와 다들 유령이네 우와, 그러면 다들 뭣하러 살지, 그런 생각.

여기까지 쓰니 더 이상 쓰고 싶지가 않다. 이렇게 문장으로 써서 확인하니까 좋니? 왜 썼어? 수업 시간에 읽는 거 상상하면서 썼다. 이걸 누구한테 읽어준다니 이미 너도 나도 다 아는 이야기 너만 손해 볼 이야기 왜 하려고 하는 걸까. 근데 읽고 싶다. 읽으면 또 울 거고 365일 중에 301일 우는 사람 되겠지만 읽고 싶은 이유가 있다.

자아 찾기 이딴 거 관두고 싶다. 나한테 내가 없다고 지랄하며 우는 것도 그만하고 싶다. 내가 되고 싶은 사람이 있다고 선언하고 싶다.

나는 진심으로 사과하는 사람이 되고 싶고,
진심으로 사과받는 사람이 되고 싶다.
그것뿐이다. 지금은 이게 내 전부다.

밤
길

쪼그려 앉아서 무릎에 얼굴을 파묻고 밤길을 걸었어 일어날 수가
없었으니까 그렇게 걸어야 했어 공원에 가고 싶었는데 잘되지 않
았어 그래서 밤길만 걸었어 어딘가로 돌아가고 있었어 그게 중요
했어 어딘가로 가는 게 아니고 돌아가는 밤길이란 게 나는 춥고
어지러웠어 걸음을 재촉했어 개도 고양이도 지나가지 않고 고개
숙인 사람 몇몇만 지나가는 밤길이었어 어두운 허공에 내가 뿜은
숨이 희게 번지는데 그 숨을 내 얼굴이 통과하고 가는데 내가 내
영혼을 앞지르고 걷고 있는 것 같아서 무서웠어 무서워서 고개를
숙이고 걷고 걷고 걷고 걷다가 알았어 나는 애인이 필요한 거야

아니 애인이 아니라 의사가 필요한 거야 아니 의사가 아니라 부모가 필요한 거야 아니 부모가 아니라 내가 필요한 거야 나는 걷고 걷고 또 걸으며 다짐했어 돌아가면 잘해줘야지 돌아가면 생각을 멈추고 누우라고 해야지 밤길 같은 건 떠올리지 말라고 자라고 꼭 안아줘야지 꼭 맞는 품으로

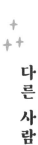

다른 사람

머리를 잘랐다. 애인과 서로 좋아하는 연예인 이야기를 하다가, 애인이 좋아하는 연예인이 모두 단발인 것을 보고 당장 미용실로 달려갔다. 나는 아이유 사진을 내밀며 "이렇게 해주세요"라고 했고 미용사님 말에 따르면 "사진 속 아이유 머리보다 예뻐졌네요!"라고 한다. 이제 애인은 나에게 한 번 더 반하겠지…….

사실 꼭 그런 이유 때문만은 아니다. 머리카락 끝이 워낙 상하기도 했고, 새로운 모습이 되고 싶었다.

나는 반년마다 꼭 다른 사람 같다는 말을 많이 듣는다. 아마 자주 바뀌는 머리 스타일 때문인 것 같다.

실제로 반년마다 다른 사람이 될 수 있다면 어떨까.

실제로 다른 사람이 되어버릴 수 없다는 게 1인칭 시점으로 태어난 생명체의 저주지만,

아주 먼 미래에는 가능할 수도 있다. 가능하다면 나는 그렇게 할 것이다. 내 몸에, 내 자아에 일평생 머무르는 사람이 되고 싶지 않다.

그 외 미정

"그, 왜, 미정이 있잖아."

어렸을 때 친했던 친구, 그러나 지금은 연락이 끊긴 친구, 그리고 자살로 생을 마무리한 친구의 소식을 전하는 서두로 2는 그런 문장을 뱉었다.

새벽 3시 무렵, 3차까지 온 술자리는 슬슬 파하는 분위기였다. 2는 집으로 돌아가기가 싫었다. 사실 무슨 말을 나누건 상관없었다. 첫차 시간까지 같이 있어줄 사람이 필요했다. 그러니까 굳이 미정이 얘기는 안 꺼내도 됐는데. 그냥 실없는 농담이나 하려고 했는데. 왜 이런 말이 나온 거지?

2는 알 수 없었다. 그, 왜, 미정이? 그 외 미정? 5가 되묻자 2는 기억났다. 맞아, 미정이 별명이 그거였지. 미정이 호가, '그 외'였지…….그래서 생각난 거구나, 실없는 농담을 떠올리다가. 궁금증이 해결된 2는 자신도 모르게 손뼉을 한 번 칠 뻔했다.

"미정이가 왜?"

6이 그렇게 물어 2는 자신이 하려던 말을 깨달았다. "아, 아니야, 원래 하려던 말은 이게 아니었어."

"뭐야, 사람을 빡치게 하는 방법이 두 가지가 있는데 첫 번째는 말을 하다가 마는 것이고……" 5가 말했다.

"진짜 아니야, 진짜."

"뭔데. 난 미정이가 번호 바꾼 다음에 너한테만 번호 알려줬던 게 아직도 짜증 나거든? 걔 소식은 우리한테 전하지 마라."

"그래서 안 전하려고 하잖아."

"먼저 말을 꺼냈잖아."

2와 5가 다투는 사이 6이 술을 따랐다. "그냥 말해. 말하고 싶어서 지금 이 타이밍에 얘기 꺼낸 거 아니야? 아까부터 더 마시자고 했던 이유가 있었네." 6이 그렇게 정리하자, 2는 더 마시자고 한 건 모두가 알다시피 자신의 술버릇일 뿐이며 미정의 이야기는 꺼낼 생각이 조금도 없었다고 답하고 싶었지만, 동시에 자신이 정말로 미정의 이야기를 하고 싶었던 건 아닌지 의심이 들었다. 그러자 그 의심이 사실 같아졌고 문득 서러워진 2는 떨리는 목소리로 미정의 소식을 친구들에게 전했다.

친구의 갑작스러운 죽음을, 그것도 자살 소식을 듣는 건 5도 6도 처음이었기에 그들은 어떤 반응을 해야 할지 몰랐다. 술집의 북적이는 소리가 드라마처럼 느껴졌다. 자신들도 드라마의 한 인물 같아서, 어떤 말을 하든 연극적일 것 같아서, 그들은 말없이 술잔을 비웠다.

4장

—

길은
느리거나 빠르게
걸을 수밖에
없다

산책

조금 어둑해진 선선한 저녁, 몇몇 사람과 몇몇 동물들이 학교 안을 산책하고 있다. 커다란 흰 개가 작은 흰 개를 발견하자 꼬리를 흔들며 힘껏 뛰어가려고 한다. 커다란 개는 음지못 옆의 오솔길에서, 작은 개는 예술극장 앞의 큰 길에서 걷고 있었는데, 커다란 개가 오솔길에서 벗어나 돌담을 넘어 작은 개에게 뛰어가려고 하자, 주인이 "오바하지 마! 오바하지 마!" 소리치며 개를 끌고 길을 통해 내려가게 한다. 커다란 개와 작은 개가 마주치자 둘이 교감할 수 있도록 개의 주인들은 잠시 걸음을 멈추고 그들을 지켜본다.

최초의 기억

　푸른 플라스틱 그네에 탄 채 고개를 끄덕이며 스르르 잠들었다.

길은 느리거나 빠르게 걸을 수밖에 없다

저 가로등 밑의 장식은 누가 만든 걸까? 보도블록의 색상 배치를 정하는 사람은 누구일까? 보도블록의 색에 맞춰 걸어보자. 빨간색, 회색, 빨간색, 회색, 빨간색, 회색. 앗. 다음 빨간색은 너무 멀리 있네. 앗. 전동 바퀴를 타고 사람이 지나간다(나는 아직도 저 기계의 이름을 모른다). 저건 어떤 원리로 움직이고 어떤 원리로 멈출 수 있는 거지? 앗, 저 가게 간판 글자가 너무 낡았다. 컨셉인 걸까? 진짜로 낡은 걸까?

느리게 걸으면 이런 생각에 둘러싸여 버린다.

그러니 지각하지 않기 위해선 노래를 들으며 박자에 맞춰 빠르게 걸어야 한다. 내가 주로 듣는 곡은 Herve Pagez, Diplo, Charli XCX의 「Spicy」다. 뮤직비디오에서 네온색 돌고래들이 나온다. 그 돌고래들이 춤도 춘다. 꽤 정신없는 곡이다. 즉 나는 정신을 집중해 걷기 위해 정신을 흩트려놓는 방식으로 걷는 것이다. 사실 돌고래보다도 「Spicy」의 가사를 나는 꽤 마음에 들어 한다.

레게톤이 묻어나는 기타음이 흘러나오고, 화자인 '나'는 네가 나의 미래를 원한다면 과거는 잊어버리라고 말한다. '나'는 '너'에게 기회를 주면서도, 네가 날 괴롭히면 '굿바이'를 말하겠다고 한다. 1차적으로는 연애에 관한 가사로 읽힌다. 네가 정녕 나와 사랑하기를 원한다면 너를 망설이게 하는 것들을 빠르게 치우고 다가오라고, 네가 나를 힘들게 하면 이별을 고하겠다고, '너'를 설득하고 있는 것으로 보인다.

한편으로 나는 이 가사에서 호명하는 '너'가 '나' 자신이라고 느껴지기도 한다. 어떤 일에 괴로워하며 스스로를 포기하려는 자기 자신에게 건네는 말이라고. 정말 괴롭다면 작별인사를 할 테니, 과거를 잊고 미래를 향해 같이 움직이자고. 그러고 보면 인생은 스스로와의 긴 연애 같기도 하다. 때로는 과거를 털어버려야 하며, 타이밍을 놓치기 전에 망설임 없이 빨리 움직여야 한다. 이 따금 내가 나를 밀어낼 때, 또다시 나를 당기는 내가 있어야 오래 지속되는 것이다.

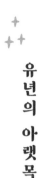

유년의 아랫목

꽁꽁 언 강에서 나무 썰매를 탔다.

아주 어렸을 때 겨울에 자주 그렇게 놀았다. 나무 썰매는 아빠가 만들어준 것으로, 판자를 이어 붙여 어린아이가 올라탈 수 있을 만한 크기의 직사각형을 만들고, 아래에는 썰매 날 두 개를 평행하게 단, 아주 정직한 나무 썰매였다.

꽁꽁 언 강은 시외에 있었는데 나는 그 강을 꽁꽁 언 강 말고 다르게 기억하지 못한다. 차를 타고 외곽으로, 외곽으로 가다 보면 갈대밭이 보이고 거기에 꽁꽁 언 강이 있었다.

폴대(이것 역시 아빠가 만들어준 것이다) 비슷한 막대기로 혼자 나무 썰매를 끌고 가기도 하고 기다란 끈을 썰매와 연결해서 엄마나 아빠가 끌어주기도 했다. 지금 나는 무엇이든 내기를 걸고 이겨먹는 걸 좋아하는, 경쟁심이 강한 타입이지만 그때는 그런 마음이 덜해서 오빠와도 싸우지 않고 오로지 나무 썰매를 타는 일을 즐겼다.

꽁꽁 언 강에 우리의 썰매 날 자국이 기다란 타래 모양으로 남았다.

2 0 1 4 년 4 월 1 6 일

어딘가로 이동할 땐 문득 이 시간이 영원했으면 좋겠다고 생각한다. 도착하면 해야 할 여러 일들이 기쁘기도 하지만 그 기쁨도 느끼고 싶지 않을 때가 있다. 각 지점마다 내가 겪어야 할 일들이 도사리고 있는 게 두렵다.

학창 시절, 단체로 이동할 땐 그런 생각을 덜 했던 것 같다. 그 이동 시간은 침울한 생각으로 빠져들기엔 너무 와자했다. 멀미가 심하고 성격이 활발한 편이 아니라 내내 잠들어 있을 때도 있었지만, 소풍에는 소풍 가는 길도 포함되는 거니까. 친구와 나눠 먹던 간식이나 무슨 노래를 들으며 갈지 정했던 것들, 그때 했던 대화까지.

2014년 4월 16일에 나는 중학교 3학년이었고 그날은 소풍날이었다. 소풍 장소는 아마도 놀이공원이었다. 이날은 멀미가 심해서 버스에서 자다 깨다 했다. 누군가 엑소 노래를 틀었다. 해가 눈부셔서 커튼을 쳤고 버스에 달린 커튼이 으레 그렇듯이 아무리 전체를 가리려고 해도 빛이 조금 새어 들어왔다.

누군가 세월호에 대해서 큰 소리로 말해줬다. 헐. 어떡해? 뭐 그런 단어도 덧붙였다.

전원 구조라는 얘기도, 그것이 오보였다는 얘기도 버스 안에서 들었다. 소풍 장소로 가던 중에 들었는지, 집으로 돌아가던 중에 들었는지는 확실하지 않다.

솔직히 그날 나는 멀미 때문에 정신이 몽롱했던 것과 몽롱해서 자야겠는데 햇빛이 자꾸 들어와서 짜증났던 기억이 제일 선명하다.

이다음에 적을 말을 못 찾겠다. 억지로 찾지 않고 3년을 건너뛰어 고등학교 3학년으로 넘어간다.

고등학교 3학년 때 문학특기자 전형을 준비하면서 각종 백일장 주제와 수상작을 수집했는데 어떤 백일장 주제 중 '노란 리본'이 있었다. 그보다 더 전에는 '문자메시지'라는 주제가 있었는데 그때 수상작은 대구 지하철 참사와 관련된 글이었다.

그리고 또 3년을 건너뛰어서. 나는 스물두 살이 되었고 304낭독회에 참가하겠냐는 제안을 받게 되었다. 본인이 글을 써도 되고 타인의 글을 읽어도 된다고 했다. 나는 참가하겠다고 했다.

마감일까지 하고 싶은 말이 생기길 바랐다. 솔직하게 말하면 무슨 말이든 정돈되어서, 낭독회가 끝나면 무언가를 조금은 털어낸 마음으로 돌아가길 바랐다. 그날 나에 대해서, 내가 준비하던 백일장에 대해서, 지금 내가 가져야 할 태도에 대해서.

그러나 내 머릿속에는 겨우 이런 문장들만 정돈되지 않은 채로 떠돌 뿐이다.

나는 그날 소풍을 갔고 재밌었다. 온전한 슬픔이란 게 있다면 나는 세월호에 대해 그것을 가진 바가 없다. 가질 수가 없다는 생각도 든다. 나의 행간과 사람들의 행간이 거짓말 같다. 누구든 어리둥절한 죽음을 맞아서는 안 된다. 누구든 이 일을 교훈 삼을 수 없다. 비유할 수 없다. 깨치고 나아갈 수 없다.

꽃다발을 버린 사람

그 사건은 기념할 만한 재난이었다

심각하게 슬펐기 때문에

무슨 색의 무슨 꽃을 상징으로 하면 좋을지 고민하느라 사람들은

들떴다

나는 사람들이 결정한 꽃을 선물받았다

꽃다발은 조화롭게 슬펐다

꽃다발은 생화였다 보름 동안

나는 꽃을 병에 꽂기도 하고 벽에 걸기도 하다

보름 뒤 버렸다

생화는 버릴 수 있어서 비싼 것이다

버릴 수 없는 것들은 싸다

내 삶은 무료다

살아남은 사람은 어떻게 살아가는지

사람들은 자주 들여다보고 싶어 했고

마땅히 지속적인 관심과 사랑을

주어야 한다고 생각했다

죽어야 한다고 생각할 거니까, 내가,

살아남은 내가 마치 특별한 사람처럼 느껴지기도 한다고

사건이 일어날 때 나는 신나기도 했다고

말한다면

나는 꽃다발을 버린 사람이 될 것이다

아무튼 지금은 바다가 있습니다

아무튼 지금 바다가 있습니다. 물론 파도가 치고 있습니다. 물론 포말이 일고 있습니다. 물론 포말이 닿는 모래사장이 있습니다. 물론 모래사장에 꽂힌 파라솔이 있습니다. 물론 파라솔 아래에 사람들이 있습니다. 물론 그 근처에 비치발리볼을 하는 사람들이 있습니다. 물론 그보다 멀리서 물놀이를 하는 사람들이 있습니다. 물론 그보다 더 멀리서 물놀이를 해서는 안 되는 구역이 있습니다. 물론 그 구역에서 물놀이를 하다 가라앉는 사람들이 있습니다. 물론 가라앉다가 익사하는 사람들이 있습니다. 물론 나중에 익사한 시체들을 발견하는 사람이 있습니다. 물론 더 나중에 시체들을 못 잊는 사람들이 있습니다. 아무튼 지금은 바다가 있습니다. 물론 파도가 치고 있습니다. 물론 파도는 파도 소리를 내고 있습니다.

시간을 버리고 싶다

시간을 버리고 싶다. 어서 늙어버리고 싶다. 어서 늙어서 내게 닥쳐올 모든 일을 겪어버리고 싶다. 내가 당할 폭력과 내가 휘두르게 될 폭력을, 얼른 해버리고 싶다. 그 모든 일에도 불구하고 나와 함께해준 사람의 손을 잡고, 산책을 하고 싶다. 다정한 노부부가 되어. 시간을 버리고 싶은 젊은 누군가 우리를 보았을 때 아, 나도 늙으면 저런 사랑을 하고 싶다, 어서 늙어버리고 싶다, 라는 생각이 들게끔 하고 싶다.

묵

묵을 먹었음. 아무 맛 나지 않는 묵이었음. 조금의 고소함이라도 있었으면 무척 슬플 뻔했음. 묵을 다 먹고 옷을 갈아입었음. 민무늬 옷이었음. 나 점점 간결해지고 이제는 사계절이 무엇인지 알겠음. 방금 계절 하나 지나갔음. 삶. 슬픔.

六花のつゆ

소다맛 사탕을 먹으며 동기 지은이 써 온 글을 읽었다. 사자 이야기였다. 정확히 말하면 사자 이야기가 아니었는데, 바로 그 점 때문에 사자 이야기라고 부르고 싶은 글이었다. 그런데 이런 감상을 이야기하는 게 효용이 있을까? 너무 새삼스러운 의문이군. 나는 그렇게 생각하며 소다맛 사탕을 하나 더 먹었다. 안에 약간의 술이 들어 있는 일본 사탕. 벌써 세 개째였다.

소설 선생님이 선물로 받은 틴케이스 안에는 손톱만 한 사탕들이 색깔별로 분류되어 있었다. 갈색, 상아색, 노란색, 빨간색, 흰색, 하늘색이 각 열 개씩. 사실 색깔별이 아니고 맛별로 분류되어 있다고 말하는 게 더 정확하겠지만, 나는 일본어를 할 줄 몰랐다. 나뿐 아니라 연구실에 있는 모두(지은, 보명, 나혜, 선생님. 지은이 입은 체크 남방은 처음 보는 옷인지 이전에도 보았던 옷인지 헷갈렸다. 보명의 집업은 처음 보는 옷 같았다. 나혜는 오늘 보잉 글라스를 쓰고 왔는데, 이것은 처음 보는 게 확실했다)가 그랬다. 색깔을 보고 맛을 유추해서 먹었다. 다른 건 몰라도 하늘색은 당연히 소다맛이겠지. 나는 안전하게 하늘색 사탕을 집었고, 역시 소다맛이었다.

그런데 오늘은 왜 낭독을 안 하지? 글이 길어서 그런가? 나는 인쇄된 종이를 뒤적였다. 그리고 갑자기 글자를 읽을 수 없었다. 그러니까 맨 첫 페이지에 있는 「한과 정의 사자」라는 제목 빼고는, 사탕의 맛에 대한 설명이 적혀 있는 일본어와 다름없는 느낌이었다. 한글인 건 알겠는데 단어나 문장 단위로 읽혀지진 않았다. 나는 왼손으로 오른손 검지를 쥐고 손등 쪽으로 꺾어보았다. 손가락이 손등에 닿았다. 꿈이네.

이론적으로 꿈을 자각하는 상태에 돌입하면 꿈을 마음대로 조절할 수 있다. 나는 제대로 성공한 적이 없다. 꿈을 다루는 데 능숙하지 않은 사람들을 위한 팁 하나. 꿈을 다룰 수 있는 세계로 인식시키기 위해 의식적으로 절차를 수행하기. 첫 번째, 지금 꾸고 있는 꿈이 꿈이라는 것을 확실히 자각시키기. 방금 한 것처럼 현실에선 될 리 없는 동작을 해보면 된다. 두 번째, 주변의 사물을 모두 지워 흰 배경을 만들기. 세 번째, 내가 조작할 수 있는 세계로 통하는 문을 떠올리기. 그 문 안으로 들어가서부터는 마음대로 꿈을 조절할 수 있다. 나는 배경을 지울 수 없고 그러니까 지금 이 연구실에 있는 그 무엇도 달라진 것이 없다. 그러자 이곳은 연구실이 아니고 며칠 전 수업을 들었던 L428호가 되었다. 연구실은 작년 글쓰기2 수업을 들었던 곳이고 L428호는 올해 플롯구성 워크숍 수업 교실이다. 둥근 테이블에 둘러앉은 순서도 며칠 전과 같다. 선생님, 보명, 나혜, 나, 지은, 주영, 서정.

선생님은 선생님이 했던 말 중 내가 이해하고 기억하는 것들을 말하기 시작했다. 이것 역시 며칠 전 수업에서 했던, 서사가 무엇인가에 관한 내용이었다. 나는 사실 꿈을 꾸고 있어요. 이것은 수업과 상관없는 고백 같아 나는 가만히 수업을 들었다. "아무거나 써 와도 상관없지만, 될 수 있으면 무언가를 전달하는 이야기를 써 오세요. 읽기 과제도 『서찰을 전하는 아이』니까." 네, 알아요. 아직 한 줄도 안 썼지만요. 꿈에서 깨면 과제를 해야지. 사탕 이야기를 쓸 것이다. 친구가 외국에서 기념품으로 사 온 사탕. 색깔이 다양한 사탕. 둥글고 달다는 기억만 남아서, 영원히 이름을 알 수 없는, 어릴 적 먹었던 사탕에 대한.

六花のつゆ. 홋카이도 특산물이었군. 잠에서 깬 후 사탕 이야

기를 쓰다 문득 궁금해져 '술 사탕'이라고 검색했더니 바로 나왔다. 판매처 하나를 클릭해 제품 설명을 대강 읽어보았다. 4월에서 10월까지만 생산. 어른들을 위한 디저트. 여섯 가지 색, 여섯 가지 맛. 와인, 매실주, 브랜디, 하스카프, 쿠앵트로, 페퍼민트.

페퍼민트. 하늘색은 페퍼민트였다.

이상할 것도 없지만 이상한 일이지. 이제는 꿈속에서 그 사탕을 먹어도 소다맛이 나지 않을 것이다.

꿈속에선 사격전문가보다 액션 영화로만 격발 장면을 본 사람이 총을 더 잘 쏜다. 사격전문가는 총의 반동을 아니까. 잘 모르는 사람이 쥔 총은 더 쉽게 더 빠르게 발사된다. 꿈을 다루는 데 능숙하지 않은 사람들을 위한 팁 둘. 자신이 잘 모르는 것을 이용하기.

그러니까 나는 방금 내가 꿈을 꾸고 있다는 것을 눈치챘고 팁을 활용해 가방 안에 총이 있다고 상정한 뒤 그것을 꺼내려고 했는데.

가방에서 나온 것은 六花のつゆ였다.

"도하 씨, 그거 저희 주려고 가져온 거예요?"

"네. 수업하면서 하나씩 먹으면 좋을 것 같아서…….'

"와, 감사합니다."

솔직하게 말할 순 없지. 나는 뚜껑을 열고 사탕을 덮고 있는 종이를 뺀 후 틴케이스를 테이블 중앙에 놔두었다. 우리는 사탕을 나누어 먹었다. 사탕을 깨물자 그 안에서 단 술이 흘러나와 입안을 즐겁게 했고 나는 문득 내가 지금 꿈을 조절하고 있다는 걸 알았고 이 이후 여러 가지 일들을 했으나 모두 없던 일로 만들었다.

신이 있다면 세계의 멸망은 분명 이런 방식으로 찾아올 것이다. 이제 막 수업이 시작되고 있었고 가방에 손을 넣자 총이 있었다. 나는 언젠가 드라마에서 봤던 것처럼 입을 벌리고 그 안에 총을 쏘았다.

꿈을 다루는 데 능숙하지 않은 사람들을 위한 팁 셋. 꿈에서 깨고 싶을 땐 회복 불능의 상처 내기.

몸을 일으켜서 양치를 하고 따뜻한 물을 마시자. 수업에 가야 한다. 서사에 관한 수업. 세수를 하고 거울을 보고 옷을 입고 머리를 묶고 신발을 신고 현관을 여는 일은 사탕의 맛을 몰라도 할 수 있다. 사탕의 맛을 알아도 할 수 있듯이.

대부분의 사탕은 달다. 대부분의 사탕은 둥글다. 대부분의 사람은 사탕에 관한 기억이 하나쯤 있다. 대부분의 사람은 그것을 혀로 굴릴 수 있다. 어떤 사탕은 어떤 사람처럼 발음하기 어려운 이름을 가졌다. 그것도 혀로 굴릴 수 있다는 건 이상한 일이다. 이상할 것도 없지만. 나는 그것이 지겹고 슬프다. 천천히 걸어서 학교로 간다. 꿈에서 만났던 사람들을 만난다.

문을 열면

노란색 강의실 문을 열면 강의실이 아니라 절벽이 있으면 좋겠다. 꼭 절벽일 필요는 없다. 누군가의 어질러진 방이나 영화관이나 숲. 화장실. 신발 가게. 여하간 강의실이랑 다른 풍경이면 된다. 수업이 듣기 싫어서 그런 건 아니다. 나는 수업이 좋다. 그러나 문을 열기 전, 문고리를 돌리는 순간 낯선 풍경을 상상하게 되는 건 모든 사람의 습관이니까.

그러나 문을 열면 어김없이 강의실이 있다. 실망스럽지는 않다. 강의실 문을 열었을 때 강의실이 있어야 생활이 유지될 테니

까. 절벽이 나오는 일을 겪는다면 정말 기쁘고 설레겠지만 문을 열 때마다 매번 장소가 바뀐다면 그건 저주일 것이다.

한창 걱정이 많을 시기엔 저주나 다름없이 문 여는 게 무섭던 순간이 있었다. 저주,라는 말은 너무 낭만적이지만. 지금 돌이켜 보면 불안장애가 있었던 것 같다. 문을 열면, 문밖에서 대기하고 있던 남성이 나를 해할지도 모른다는 상상에 사로잡혔었다. 한번은 미용실에 가려고 집을 나서다가 복도에서 성인 남성의 기침 소리가 들려서 도로 집 안으로 들어온 적도 있었다. 나는 불안함을 느낌과 동시에 불안함을 느끼는 나를 진정시키려고 노력했다. 기침 소리는 굉장히 일반적인 소리이며 두려움을 느낄 필요가 없다, 복도에선 원래 소리가 잘 울리기에 우리 집 현관 근처에서 난 소리가 아닐 것이다, 설령 현관 근처에서 났다고 해도 복도에 담배를 피우러 나오는 일반적인 사람이 낸 소리일 것이다. 그러므로 너는 지나친 걱정을 하고 있다!

하지만 지나친 걱정이라니. 이 걱정이 왜 지나치지 않은가에 대해서 나 자신과 싸우기는 싫었다. 내 삶을 모두 함께 겪은 나를 두고서, 여성혐오 범죄니 사회적 불신이니 하는 토론을 할 필요는 없었다.

나는 그 대신 살아가면서 내가 해야 할 일들을 떠올려봤다. 문을 여닫는 일은 앞으로 십만 번 정도 더 하지 않을까? 그리고 내가 상상하는 나쁜 일들은 내가 스스로 문을 열기를 포기하더라도 내가 생활을 지속하는 한 내 의지와 상관없이 벌어질 수 있는 일이었다.

결국 나는 현관문을 열었다. 현관 밖에는 복도가 있었다. 나를 해하려고 대기하고 있던 남자는 없었다. 다만 고민이 길어진 탓에 집 근처에 있는 미용실은 문을 닫은 후였다. 허무한 마음으로 다시 집으로 돌아오면서, 그림자가 고여 있는 복도를 지나 집으로 들어가기 위해 현관을 열면서 나는,

아, 이 현관 안에 다른 집이 있으면 좋겠다,

라고 생각했지만 어김없이 우리 집이었다. 앞으로도 문을 열면 자리하고 있을 익숙한 풍경과 익숙하지 않은 풍경들을 떠올리고 걱정하는 데 상상력을 조금씩 쓰면서 살아가겠구나, 생각했다. 다만 상상력은 쓴다고 닳아 없어지는 건 아니라서 다행이었다. 나는 조금 기운이 빠져서 거실 소파에 누웠다. 닳아 없어지지 않는 상상력들이 잠으로, 꿈으로 천천히 몰려왔다.

병원 가는 길

병원은 시장에 있다. 우리 집에서 시장까지 가려면 허물어진 건물이 많은 오래된 거리를 지나 다리 하나를 건너야 한다. 나는 시장 가는 길을 좋아한다. 허물어진 건물들 사이를 지나가면 어쩐지 안심이 된다. 인조물 역시 시간의 흐름에 따라 자연스럽게 스러진다는 것을 느끼며, 내가 그 풍경의 일부가 되기 때문이다. 나는 어느 순간 비어버린 주단 가게, 떨어진 식당 간판, 폐자재들을 쌓아놓은 자리를 지나간다. 허물어진 건물들을 지나고 나면 강을 가로지르는 다리를 건너야 한다.

강을 보면 지금이 어떤 계절인지 확실히 알 수 있다. 겨울이 되면 강 가장자리가 상당 부분 얼고, 새들이 많아진다. 그 새들 중 내가 이름을 아는 것은 오리뿐이지만 나는 그들이 좋다.

가끔 오리는 완전히 몸을 뒤집고 물속으로 풍덩 엎어져버린다. 처음 그 장면을 봤을 때 나는 오리가 물에 빠진 줄 알았다. 그러나 오리가 물에 빠진다니, 그런 일은 있을 것 같지 않았다. 원숭이도 나무에서 종종 떨어진다지만⋯⋯ 오리는 물에 가라앉지 않았고 그저 거꾸로 몸을 처박고 있을 뿐이었기 때문이다. 나는 카메라 줌 기능으로 오리를 지켜보았다. 오리는 곧이어 물속으로 들어갔다. 옅은 파동으로 오리가 물속에서 어떤 경로로 움직이는지 짐작할 수 있었다. 오리는 잠수한 곳과는 조금 떨어진 곳에서 다시 물 위로 올라왔다.

「먹이를 찾는 거야.」

카톡으로 이 장면을 전달해주자 친구가 답장했다. 친구도 오리의 생태에 대해 잘 아는 것은 아닐 테지만 일리 있는 말이라고 생각했다. 아무튼 오리가 아주 춥고 빛나는 강 속으로 머리를 처박고 먹이를 찾는 장면을 보는 일은 내 마음을 이상하게 환하게 만들었다. 나는 다리를 다 건넜다.

시장이 보였다. 가판대에 늘어선 옷들, 과일들, 호떡 냄새, 어묵 냄새. 다소 복잡한 시장 거리를 지나고 병원 건물로 들어선다.

병원 안은 좀 전의 시장 풍경과는 다르게 매끈한 인테리어다. 접수를 하고 소파에 앉아 지나치게 멀끔한 천장을 바라보았다. 곧이어 간호사가 내 이름을 불렀고, 간단한 상담과 함께 진료는 끝이 났다. 약을 처방받았다.

시장을 지나 또다시 강을 가로지르는 다리를 건너고 허물어진 건물들을 지나며, 집으로 돌아가면 약 먹고 푹 자야지, 푹 자고 일어나서 씩씩하게 살아야지, 다짐했다.

신발

　이제는 현관에 모르는 신발이 있어도 놀라지 않는다. 모르는 신발의 주인이 나라도 놀라지 않는다. 사람들이 모두 맨발로 밖을 걸어 다녀도 놀라지 않는다. 신발을 신고 다니는 나에게 "그것은 뭔가요?" 사람들이 물어봐도 놀라지 않는다. 태연하게 신발을 벗고 그것을 아무 데나 올려놓고 맨발로 걷는다. 나는 내게 꼭 맞는 신발을 가진 적이 한 번도 없고 그래서 신발을 신든 신지 않든 발이 아프다. 누군가 내 어깨를 두드리고 "이거 두고 갔어요" 하고 내게 신발을 쥐여준다. 그것은 냄새가 나고 나는 이제 신발이 어디다 쓰는 물건인지 모른다. 내가 언제부터 그런 단어를 알고 있었더라. 신발. 그것은 발과 관련 있는 것처럼 들리지만 전혀 관련이 없을 수도 있다. 단어가 물고기와는 상관없듯이. 누군가 내 어깨를 두드리고 내게 나도 모르는 내 것을 쥐여주는 경험을 다시 하고 싶지 않아서 나는 그것을 버리지 않고 손에 쥐고 걷는다. "그것은 뭔가요?" 사람들이 내 손을 가리키며 묻는다. 나는 고개를 푹 숙이고 빠른 걸음으로 집으로 돌아간다. 현관에 신발을 두고 집 안으로 들어간다.

어제 나는 내가
기억을 잃게 해달라고
술에 취한 채 기도했다

오늘 나는 내가 누구인지 잊어버렸고
구글 광고 최적화 기능을 통해 나에 대한 정보를 간단히 습득할
수 있었다

나는 20대 여성 가계 수입 중상위 연애 중 꽃 미식축구 애완동물

마침 김진영에게 전화가 왔다 나는 그가 누구인지 몰랐으나 내가
기억을 잃은 후 처음 받는 전화였으므로 기대와 두려움과 함께
전화를 받았다 여보세요

너 어제 집엔 잘 들어갔니

어제? 죄송한데 기억이 잘 안 나요 제가 지금……

너 매번…… 그렇게 필름 끊길 때까지 술을 마시는 거야?

아니 그런 게 아니고…… 혹시 저랑 진영 씨는 무슨 사이예요?

……

너 정말 어이없다…… 푹 쉬어

기대는 말했다 진영은 네 애인일 거야

두려움은 말했다 진영은 네 애인일 거야

진영은 20대 남성 나와 연락을 자주 했고 어제 술을 같이 마셨다

머리맡에 잘 개어놓은 걸 펼쳐봤더니 교복이다

이쯤에서 접시 하나가 깨지는 장면

방 안을 둘러보고 냉장고를 열어본다

냉장고엔 담배 한 갑

어디에도 동물은 없고

저기 교복 위에 웅크려 있는 건 아까 함께 전화를 받았던 기대와 두려움이다

나는 자리로 돌아와 그것들을 쓰다듬는다

20대 여성 가계 수입 중상위 연애 중 꽃 미식축구 애완동물

이것은 괜찮은 조합같이 들린다
기대와 두려움의 작은 심장이 손바닥 밑에서 두근대고
방이 조금 더 넓어진다 아니 좁아진다
한 번 더 말해본다

나는 20대 여성 가계 수입 중상위 연애 중 꽃 미식축구 애완동물

곧 현관이 열리고 어린 여성이 들어올 때까지 그 여성이 나의 동거인이자 애인이며 나는 가난한 레즈비언임을 알려주기 전까지 나는 계속 그렇게 읊조리고 있는다
박자가 잘 맞는다고 느끼며 나는 20대 여성,

가계 수입 중상위 연애 중 꽃 미식축구 애완동물

나는 20대 여성 가계 수입 중상위 연애 중 꽃 미식축구 애완동물!

나는 20대 여성,

현관이 열리고 나의 애인이 들어온다

손
절

"나 개 손절쳤잖아."

내 세대에 손절이라는 단어는 '더 이상 에너지를 낭비하지 않고 사람과의 관계를 끊는다'라는 의미로 은어를 넘어 거의 고정적으로 사용되고 있다.

어째서 그런 말이 공공연하게 쓰이게 된 걸까. 서로의 쓸모를 가늠하며 그 사람이 자기에게 이득이 되는지, 손해가 되는지 재는 일을 마냥 나쁘다고 볼 순 없기는 하다. 본인을 갉아먹는 사람을 옆에 계속 둘 수는 없으니까.

그러나 "나 개 손절쳤잖아" 같은 말을 들으면 나는 생각한다.

사람이 주식이냐? 뭘 손절쳐? 나는 그런 널 익절하고 말겠다…….

사실 나는 주변인이 주는 득과 실에 대해 몰두하고 싶지 않다. 득이 되면 고마운 거고, 실이 되면 아쉬울 뿐. 그러니 누군가와 손절각을 재고 있다고 말하는 친구들을 보면 어쩐지 속상해진다.

'손절'이라는 말을 들으면 나의 쓸모에 대해 생각하게 되니까. 나는 이 친구에게 어떤 이득이 있어서 '손절'당하지 않고 옆에 남게 된 걸까. 그렇다면 그 이득이 사라지면 나는 쓸모를 다 했으므로 '손절'당하게 되는 걸까?

내가 누군가에게 해가 된다면, 떠나가더라도 내가 어떤 해를 끼치는지 솔직하게 말해주었으면 좋겠다. 나는 주식이 아니라 사람이기에.

내
친
구 서
정

서정은 여섯 살 때부터 피아노를 치다가 반복되는 손가락 연습이 질려 열세 살에 판소리를 시작했다. 판소리를 하다가 1년을 배워도 끝나지 않은 춘향가에 질려 열네 살에 직접 노래를 만들기 시작했다. 노래를 만들다가 예술계 내 각종 성희롱과 부당대우에 질려······.

그러나 노래는 그만두기 싫었다. 그런 이유 때문에 그만두기 싫었다. 서정은 어떻게 하면 자신과 친구들이 예술하며 밥 잘 먹고 살아갈 수 있을까 고민하기 시작했다. 그래서 한국예술종합학교 예술경영학과에 들어갔다.*

그런 서정과 친구가 된 것은 내가 스무 살 때, 서정은 스물한 살 때의 일이다. 나는 과방에서 술을 마시고 있었고 복도를 지나가는 서정에게 같이 술을 마시지 않겠느냐고 물었다. 우리는 '명작읽기'라는 같은 수업을 들었지만 제대로 대화를 나눠본 적은 없었다. 나는 낯을 많이 가려 항상 붙어 있지 않는 이상 누군가와 친구가 되는 일은 드물다. 그런 내가 술기운에 서정에게 말을 붙인 것이다.

우리는 그 이후로 협업을 하기도 했다. 나는 시를 쓰고, 서정은 가사를 쓰고, 나는 낭독을 하고, 서정은 노래를 불렀다. 사람들에게 메일을 보냈다. 나는 서정이 유명해져서 서정의 목소리를 다른 사람들이 더 많이 들었으면 좋겠다. 그래서 서정에 대해서 쓴다.

그날 어째서 서정에게 말을 걸고 싶었는가 하면, 서정은 유행과는 맞지 않지만 자신에게 어울리는 꽃무늬 긴 치마를 입고 다녀서 좋았다. 나는 그런 사람이 좋다. 누가 무엇을 입고 다니든, 무엇이 유행하든 자신만의 취향이 있는 사람. 서정은 바로 그런 사람이다.

———————

* 본문의 첫 번째, 두 번째 단락은 서정의 자기소개에서 따 왔다.

멋
지
고 기
괴
한

타투를 했다. 더 이상 손목 자해를 하지 않으려고.

이전부터 손목 안쪽에 타투를 해야겠다고 생각했지만 마음에
드는 도안이 없었다. 그러다 보이는 부위란 부위에는 모두 타투
가 되어 있는 애인에게 한 타투이스트를 추천받았다.

인스타그램 계정에서 도안을 둘러보던 중 마음에 꽂히는 그림
을 발견했다. 그건 정말로 꽂히는 그림이었다. 화살이 눈알을 관
통하는.

그 기괴함이 마음에 들었다. 기괴한 건 마음을 두근대게 한다.
'aweful'과 'awesome'은 크게 다르지 않다.

타투이스트님은 누워서 작업을 받을 건지, 앉아서 받을 건지 물어보았다. 앉아서 작업을 받으면 작업하는 모습을 볼 수 있다고 했다. 나는 앉아서 받기로 했다. 잉크가 몸 안으로 들어가는 것을 가만히 바라보았다.

아픔의 정도는 자해를 할 때와 비슷했다. 그러나 목적이 달랐으므로 끔찍하거나 나쁘게 느껴지지 않았다. 한의원에서 물리치료를 할 때의 편안함이 밀려왔다. 따끔 따끔 따끔.

타투는 이렇게 완성되었다. 아직 다 사라지지 않은 주저흔 위로, 화살대와 화살촉이 지나갔다.

그러나 나는 앞으로 내 손목을 겨냥하지 않을 것이다.

이 멋지고 기괴한 그림을 망칠 수 없으니까!

전단지

사랑이 무엇인지 아시나요? (네?) 사랑이 무엇인지 모르신다면…… 저랑 잠깐 얘기 나눌 수 있을까요? (아니…… 아니요. 어…… 제가 바빠서요.) 아신다고요? (아는 게 아니라 아니요……) 아신다면 그 사랑을 조금만 베푸세요. 제가 반드시 이야기드려야 할 게 있습니다. 저희가 마주친 건 우연이 아니거든요. 이것도 다…… 사랑 때문이거든요.

인호는 전단을 건넸다. 단발머리 여자는 고개를 살짝 숙여 인사하고 자리를 떴다. 인호는 여자에게 건네지지 않은 전단을 조심스레 가방에 넣었다. 인호만의 규칙이었다. 왼팔로 전단묶음을 안기. 전단을 줄 땐 그냥 나눠주지 말기. 사랑에 대해 말하기. 거절당한 전단은 오른쪽 어깨에 멘 가방에 넣기. 안고 있던 전단이 모두 소진되면 자리를 옮기기. 반복.

이렇게 하면 시간이 오래 걸렸다. 하지만 덜 괴로웠다. 그냥 전단을 나눠주면 대개 몇 걸음 걷고 버리니까. 인호가 나누어주는 전단은 그렇게 버려져야 할 게 아니었다. 그건 음식점에서 나누어주는 신장 개업 전단과는 달랐다. 심지어 인호는 전단을 전단이라 부르지도 않았다. 그것은 말씀이었다. 절호의 기회였다. 빛과 소금. 행복이라는 목적지에 무조건 도착하게 되어 있는 버스의 티켓. 길이 어떻게 굽어져 있어도 버스는 전복하지 않을 것이고. 그러므로 인생은 지속된다. 불안함을 이기고. 확신과 함께. 이 모든 건 한 마디로……

사랑인데! 왜 버릴까? 버려진 그것은 영락없는 쓰레기였다. 거리를 더러워 보이게 하는 데 일조했다. 전단의 상단에는 구름이 가득한 하늘과 무지개가 있고 '사랑하는 당신을 기다립니다'라는 문구와 교회 이름이 있고 그 밑으론 성경 구절 몇 개와 예배 시간, 전화번호, 약도가 있고 꽃밭이 있었지만 사람들은 그것을 밟고 다녔다. 하늘과 무지개와 '사랑하는 당신을 기다립니다'와 교회 이름과 성경 구절과 예배 시간과 전화번호와 약도와 꽃밭을 밟고 있다는 의식도 없이. 그래서 인호는 규칙을 만들었다.

인호의 의도대로는 아니었지만 결과적으로 인호는 목적을 달성했다. 대놓고 들고 있는 전단 뭉치 때문에 사람들은 인호 바로 옆을 눈치껏 피해 갔다. 거리에 서 있는 사람에 대해 딱히 생각하지 않는 사람, 부주의한 사람 혹은 전단 알바에게 친절을 베풀고 싶은 사람이 인호 옆을 지났다(다행히 인호는 유튜브에 '도민맨 몰래카메라' 영상을 올릴 계획인 사람과는 마주치지 않았다). '사랑이 무엇인지 아시나요?'라는 서두 때문에 그중 절대다수는 걸음을 그대로 옮겼다. 거절에 아주 서툰 사람만이 주춤하다 전단을 받았다. 그들은 대개 전단을 길에 버리지 못하는 성격이었다. 인호의 말을 적극적으로 듣고 사랑에 대해 진지하게 이야기하려 드는 사람은 아직 없었지만 전단은 전보다 훨씬 덜 버려졌다.

200매의 전단을 모두 나누어주고 집으로 돌아가는 길에 인호는 바닥을 보고 걸었다. 버려진 전단이 있는지 확인하기 위해서였다. 어두운 거리 위에 아무렇게나 버려진 유광 전단지들은 가로등 불빛을 반사해 내용이 잘 보이지 않았고 그래서 다 비슷해 보였다. 그래도 인호는 자신이 나누어준 전단을 꼼꼼히 찾아내었다. 먼지를 털어 그것들을 가방 안에 넣었다. 너무 더러운 건 어쩔 수 없이 쓰레기통에 버렸다.

쓰레기통에 전단을 버릴 때면 인호는 기분이 이상해졌다. 인호가 준 전단으로 절호의 기회를 잡는 사람이 있다면 행복을 향해 달리는 버스에서, 흔들림 속에서 인호에게 말해줄 텐데. 인호 씨 덕분에 이런 흔들림도 괜찮네요. 버스는 절대 전복하지 않을 테니까……. 그러나 쓰레기통에 들어간 전단은 이제 정말 쓰레기일 뿐이고. 스스로도 어릴 적 부모를 따라 교회에 갔었는데. 이 전단 때문에 교회에 오게 될 사람이 있을까?

정신 차리자. 의심하면 안 된다. 인호는 걸음을 옮겼다. 전단은 매일 자신의 손에 있을 것이고 전단을 받을 사람들은 매일 거리를 돌아다닐 것이니까. 무한한 사랑 속에서.

인호는 가방을 사선으로 고쳐 멨다. 안전벨트처럼.

5장
—
인스타그램에도
절망이 있다

인스타그램에도 절망이 있다

『인스타그램에는 절망이 없다』라는 책을 인스타그램에서 보게 되었다. 처음 제목을 보고 든 생각은 '아닌데?'였다.

인스타그램엔 모두 행복한 이미지만 올라오잖아요, 요즘 세대는 어떻게든 행복 전시를 해야 하고 그 전시된 것만이 행복이라고 믿는 것 같아요,라고 사람들은 말한다.

그러나 나는 인스타그램에도 절망이 있다,고 이야기하고 싶다. 행복 전시를 하는 공식 계정 말고, 불행 전시도 하고 속마음도 털어놓는 비계(비밀 계정)를 만들어서 친한 친구들끼리 공유하는 친구가 대부분이다. 이 경우 공식 계정은 사람을 꾸미는 껍데기가 되고 비계는 알맹이처럼 여겨진다. 실제로 비계에 업데이트가 훨씬 많이 되고 공식 계정은 미감을 맞추어 올려놓은 사진 몇 장이 전부인 경우가 많다.

우리 세대는 행복 전시와 불행 전시를 분리해서 하는 법을 깨친 것 같다. 자신의 상태에 따라, 여러 피드로 옮겨가며 자아 표출을 한다. 내 친구는 트위터와 인스타그램과 네이버 블로그를 모두 하는데, 가장 비밀스러운 마음은 네이버 블로그 서로이웃 공개로 몇 명에게만 공개한다. 나는 아무도 안 보는 비공개 블로그를 쓰고, 거기에 속마음을 적어놓는다.

이런 연유로 행복은 누구에게나 공개할 수 있는 감정이고 불행은 특정인들에게만 공개할 수 있는 감정이라 사람들은 생각하지만, 정신병, 불안, 불행 등을 공개 전시하면서도 인기를 얻는 인스타 셀럽도 있다. 팔에 자해 자국이 선명히 보이는 OOTD. 아무것도 하기 싫다, 살기 싫다는 내용의 만화.

우리의 행복과 불행은 어디로 가고 있는 걸까. 친구들과 술을 마시고 한바탕 울고 나면 생각한다. 적어도 내게는, 인스타그램에는 행복과 절망 모두 있는 것처럼 보인다. 그러나 그 둘 모두 분리된 피드의 성격으로 느껴지지, 그 사람의 행복과 절망이라고 읽히지는 않는다.

나는 열심히 작품 활동을 하기로 했다

나는 식당에서 주문한 김밥에 시금치가 들어 있지 않다는 걸 깨달아도 따지지 않고 먹는 사람이다. 토마토소스를 시켰는데 데미글라스소스가 뿌려져 나와도 그냥 넘긴다. 조금 바쁘셨겠거니 생각한다.

사실 시금치 없는 김밥을 먹고 토마토소스 대신 데미글라스소스를 먹을 땐 좀 서럽지만 이미 만든 음식인걸, 별로 따지고 싶지가 않다. 배려심이 많아서 그런 건 아니다. 피곤해서 그렇다.

무언가 잘못되었다고 말하는 건 사소한 일이어도 체력이 무척 많이 든다. 그렇지만 만약 그 집 김밥 속이 매번 제멋대로 바뀐다면…… 토마토소스보다 데미글라스소스가 많이 남아서 실수를 가장하고 일부러 그렇게 내놓는다면…… 나는 친구들한테 그 식당은 가지 말라고 말할 거다. 그러나 이때도 "사장님, 이러시면 안 되죠"라고 말하는 건 힘들다. 익명으로 남기는 리뷰라면 덜할지 모르겠지만 식당 안에서 얼굴을 맞대고 뭐라 할 용기는 없다. 그런 식당은 그냥 가지 말고, 주변인한테도 가지 말라 그래, 뭐 하러 서로 얼굴 붉혀, 차도하의 골목식당이 아니잖아. 그런 충고를 받아들이는 게 최선 같다.

하지만 그건 식당에서 한 끼 때울 때 이야기다. 기획을 하고 청탁을 받고 내가 쓴 원고를 드리는 일이 그것과 같을 순 없다. 더구나 그것이 문학계 전반에 "지뢰처럼"(소설가 윤이형 님의 표현에서 빌려왔다) 심겨 있는 문제라면 내가 한 번 피한다고 되는 일이 아니다. 어디에다가 비유할 필요도 없다.

그러니 비유 없이 말하자. 내가 겪은 일은 이러하다. 나는 신춘문예 당선을 통해, 여러 출판사로부터 '신춘문예 신인 특집' 기획에 원고를 실을 것을 청탁받았다. 그중 내가 거절한 세 가지 제안이 있다.

1) 『신춘문예 당선시집』

『신춘문예 당선시집』은 매년 문학세계사에서 발행되고 있다.

문학세계사 대표의 아들이자 전 기획이사는 문단 내 성폭력 가해자이다. 나는 이 사실을, 2019년 경향신문 신춘문예 당선작을 찾다가 성다영 시인의 트위터에서 알게 되었다. 그리고 내가 당선되면 나도 싣지 않겠다고 다짐했다.

그러나 이 다짐이 처음부터 단단한 것은 아니었다. 부끄럽지만 나는 글을 실을지 말지 계속 고민하던 상태로 담당자님께 청탁 전화를 받았다. 고민하고 메일로 답장을 드리겠다고 말씀드렸다.

내 다짐을 단단하게 만든 것은 그 이후에 또 걸려온 청탁 전화였다. 이번엔 담당자님이 아니고 대표가 직접 전화를 걸었다. 나는 신춘문예 당선시집이 가지고 있는 권위에 대한 설명을 들었다. 각 대학 문창과에서 수업 교재로 사용되며 몇십 년째 발행을 하고 있고 주요 일간지에서 당선된 신인들의 시를 한 번에 볼 수 있는…… 네. 네. 생각해보고 메일로 말씀드릴게요. 대표는 청탁서에 적힌 내용을 읊으며 마감 기한이 촉박하니 빨리 작품을 보내야 한다고 말했다.

그 전화를 받고 내가 한 생각은, '어, 이거 나만 거절한 게 아닌가 본데?'였다. 나만 거절했으면 대표까지 전화할 필요는 없었다. 그리고 내가 내내 고민하고 있던 것들을 대표에게 직접 들으니, 그런 이유로 당선시집에 시를 싣기에는 자존심이 상한다는 생각이 들었다. 그것보다 네가 중요하게 생각한 게 있잖아?

무엇보다 네가 쓴 시가 있잖아? 권위를 등에 업고 행사하는 폭력에 대한 시로 당선되어놓고 이 설명을 듣고 청탁을 수락하는 건, 네 자존심보다 큰 문제잖아?

그래서 나는 거절 메일을 썼다. 담당자님은 친절하게 답신을 해주셨다. 무슨 이유로 거절하는지는 모르겠지만 아쉽다고, 앞으로 좋은 작품을 기대한다고.

2) 원고료를 밝히지 않은 청탁

어떤 문예지에서 전화가 걸려왔고 신춘 당선 축하와 함께, 문예지에서 기획하는 신춘 특집 지면에 신작 시를 싣고 싶다는 얘기를 들었다. 나는 메일 주소를 알려드렸고, 청탁서가 메일로 도착했다.

그런데 청탁서에 원고료가 기재되어 있지 않았다.

고민하다가 원고료를 여쭈었다. 고료는 3만 원이었다. 예전에 써놓은 시를 아무거나 골라 보낼까 싶었는데 이 모든 과정이 이상하게 느껴졌다. 그러니까, 청탁서에 고료가 적혀 있지 않고, 건방지다고 생각할까 봐 계속 고민하다가 고료를 물어보고, 그게 낮은 금액인 것을 알게 되고, 낮은 가격에 맞추어 정성을 덜 들인 시를 보내려는 이 상황이.

나는 또 고민했다. 그냥 거절하자.

그리고 또 고민했다. 이유를 말해야 하나?

이유를 구구절절 적으며 또 고민했다. 이거면 될까?

아니. 이건 좀…… 아닌데? 매번 이렇게 해왔단 말이야?

그렇게 메일을 보내고 트위터에도 나의 입장을 밝히는 글을 게시했다. 메일을 보낸 후 담당자님께 장문의 답변이 도착했다. 거절하는 마음을 충분히 이해한다고 하셨다. 나는 어쩐지 무람해졌다. 고료를 밝히지 않은 것도, 고료를 낮게 책정한 것도 담당자 한 사람의 문제가 아니라는 생각이 들었다. 그러나 담당자님께 내가 사과를 받고 있기 때문이었다.

3) 시 2편 5만 원

또 다른 문예지에서 청탁 메일이 왔다. 내 메일 주소는 어떻게 알고 계시는지 조금 궁금했지만 어쨌든 청탁이 들어오다니, 나 정말 '시단'이란 것에 나온 건가! 두근대며 청탁서를 열었다.

– 분량 2편(편당 18행 이내)

– 고료 5만 원

편당 5만 원이 아니고 두 편을 다 합하여 5만 원이었다. 이건 좀 편한 마음으로 깔끔히 거절했다. 미발표 시 중에선 18행 이내가 없고, 새로 쓰면 마감 기한을 맞추기 어려울 듯하며, 고료가 3만 원 이하인 청탁은 거절하기로 했다고.

그리고 다음과 같은 답장을 받았다.

"안녕하세요. 답메일 고맙습니다. 『○○』은 해마다 신춘문예 출신 시인들을 특집으로 다루는데 다른 신문사는 다 있는데 한국일보만 빠지게 되어 아쉽지만 잘 알겠습니다. 열심히 작품 활동 하십시오."

나는 열심히 작품 활동을 하기로 했다. 그러나 오로지 작품만 쓰지는 않을 것이다. 아닌 건 아니라고 말할 것이다. 작가들이 자신도 모르게 부조리에 얽혀버리는 일을 사라지게 하고 싶다. 그런데 내가 부조리하다고 느껴서 나간 자리는 공석으로 남는 게 아니고 다른 작가로 채워진다. 그렇다면, 이런 일을 널리 알려서 모두가 자리에 앉지 않겠다고 선언하면 어떻게 될까.

어떻게든 될 것이다. 청탁을 여러 번 거절하고 그것을 알리며 나는 그런 심정으로 글을 쓰고 있다. 자포자기가 아니고, 정말 어떻게든 될 것 같다는 마음으로.

나는 어떻게든 될 것이다. 이 글을 읽는 사람들도 어떻게든 되길 바란다.

목소리

내 목소리를 사람들에게 들려주고 싶다.

『신춘문예 당선시집』을 거절한 후로 나는 1월에 내 시 다섯 편을 빠르게 보여줄 수 있는 기회를 잃었다. 계간지는 나오는 데 시간이 걸려 3월까지 내 시는 등단작 「침착하게 사랑하기」를 제외하면 공개된 적이 없었다. 그렇다면……

내가 직접 하면 되잖아?

나는 구글폼을 작성해 내 시를 받아볼 사람들을 모집했다. 당선작들 말고도 내가 쓴 에세이와 콩트, 괴담, 비밀 등을 함께 보내기로 했다. '특집 차도하'를 만든다고 생각하고 작품들을 꾸렸다. 그리고 모든 작품에는 낭독 파일이 포함되었다. 그렇게 나는 매주 한 번씩, 한 달간 사람들에게 내 목소리를 들려주었다.

반응은 뜨거웠다. 약 220명의 독자가 신청했다. 그 후, 여름에는 서정과 함께 노랫말과 시를 같이 보내는 메일링 서비스를 진행했다. 서정이 덴마크에 유학을 가 전자음악을 배우던 시기였다. 서정은 덴마크의 작은 숲에서 기타를 치며 노래하는 영상을 보내왔다. 흰 자작나무를 배경으로 통나무 위에 앉아 노래하는 서정은 멋졌다. 서정의 덴마크 유학 자금을 벌 수 있을 만큼 구독자가 많았으면 좋았겠지만, 여름호는 그리 많은 구독자를 모으지 못했다……

하루도 빠짐없이, 매일 매일

목소리 여름호 이후 나는 메일링 서비스를 진행하지 않으려 했다. 기분부전장애가 심해져 아무것도 안 하고 집에 누워 있는 나날이 많았다. 그러나 나는 지금 쓰고 있는 이 에세이집을 계약한 상태였고 어떻게든 원고를 써야 하는 상황이었다. 좋은 방법이 없을까 고민하던 중 메일링 서비스가 또다시 머리를 스쳐 지나갔다. 이번에는 오로지 나를 위해서 메일링 서비스를 하기로 했다. 매일 한 편씩 글을 쓰기.

하루도 빠짐없이, 매일 매일.

그렇게 메일링 서비스의 이름이 결정되었다. 지금 나는 약 100명의 구독자에게 매일 메일을 보내는 중이다. 그날 있었던 일, 과거에 있었던 일, 내가 오로지 상상으로 만들어낸 일들을 작은 이야기로 만들어 보낸다. 어떤 구독자는 이렇게 말했다. 근무할 때 옆자리 직원이 건네주는 박하사탕 같다고. 재미가 쏠쏠하다고. 또 어떤 구독자는 이렇게 말했다. '너무 재밌어요. 도하님 행복하세요!'

네, 쏠쏠하게 행복할게요.

Dear.

도하에게

    안녕, 도하. 나 수아야. 내 할 일에만 집중하느라 못 읽은 너의 매일 메일을 이제야 읽었어. 읽고 또 읽고. 1월 14일 오늘 분량까지 읽고 나서 난 참 친구라면서 너무 무관심했다……라는 생각에, 그리고 너의 힘듦을 몰랐던 미안함에 눈물이 나서 이렇게 늦은 시간, 언제 전해줄지 모르는 편지를 쓴다. 너의 글에 하루를 위로받고 너 덕분에 문학에 관심이 생기고, 결국 나의 삶의 질을 높여주었어. 지금 난 그저 너의 연애가 순탄하고 예쁘다고 생각하고, 너는 행복하게 잘 지내고 있으며, 누구보다 멋진 문학인인 너를 친구로 두고 있어서 좋아. 항상 네가 내 어두운(?) 고민들을 많이 들어줬는데, 나도 그래야지 하면서도 못 해주고 있었네. 이 카드 내가 아끼는 카드인데 지금의 너, 앞으로의 너에게 이 카드가 웃음이 될 수 있기를……! 항상 응원하고 존경하는 도하야, 내 친구 해줘서 고마워. 앞으로도 부족한 나와 친구 해줄 거지? 이 카드는 너 만날 때까지 잘 가지고 있을게. :-〉

수아가

수아에게

안녕, 수아. 편지 잘 받았어. 미안해할 필요 없어! 나는 남에게 내 고통을 말하는 게 어려워서 친한 친구 사이에도 고민을 잘 못 털어놓거든. 너는 마음을 열고 내게 여러 이야기를 해주었는데 나는 그렇게 하지 못해서 오히려 미안해. 너는 무관심한 친구가 아니야. 항상 너의 다정함을 느끼고 있어. 내가 힘들어할 때 이유를 얘기하지 않아도 나를 믿고 위로해주어서 고마워. 나도 너를 친구로 두고 있어서 좋아. 너는 누구보다 멋진 수학 선생님이 될 거야! 고등학교 3학년, 힘들었던 기간에 너로 인해서 많이 파워 업이 되었어. 지금까지도 연락 끊지 않고 가끔씩 만나서 이야기 나누는 거 좋아. 다정한 너를 만나면 내 안의 칙칙함이 조금은 화사해지는 것 같거든. 항상 응원하고 존경하는 수아야, 내 친구 해줘서 고마워. 단순히 네 말을 반복하는 게 아니야. 진심으로 그렇게 느끼고 있어. 앞으로도 부족한 나와 친구 해줄 거지? 만나게 되는 날 이 글을 너에게 줄게. :-〉

도하가

Wastebasket

나 잘 다듬어진 허공에 누워 있습니다.

지워진 것들을 임시 보관하기 위해 설치된 이곳은

구겨진 휴지가 있습니다.

사람도 있고 쥐도 있습니다.

과거도 있고 미래도 있습니다.

누군가 저도 모르게 얼굴을 찌푸리던 장면과

아이들의 비웃음 소리가 있습니다. 혹은

너무도 사랑했던

한 음만 들어도 다음 음을 생각할 수 있었던
노래가 있어요.

가끔 허공을 뒤채는 손이 이곳에 나타납니다.

대개 무엇도 찾지 못하고 떠납니다.
여기 보관된 모든 것은
잽싸게 관내분실 처리되기 때문입니다.

나는 이곳에서
책장이 찢겨나간 책들로 가득한
책장을 열어봅니다.

몇 줄 읽고서는 까먹어버립니다.

한 줄만 읽어도 다음 줄을 생각할 수 있었던
좋은 이야기가
내게도 있었어요.

세계에 고르지 않게 내려앉은 외로움으로부터

공중화장실에 혼자 쭈그려 앉아 있는
여자아이로부터

적출한 세계

세게 바람 붑니다.
잘 다듬어진 허공으로.

다음이 없는 이 문장으로.

눈으로 할 수 있는 어떤 일

그곳은 눈이 많이 내린다고 했다. 나는 눈을 한 번도 본 적이 없고. 그는 설명을 잘 못하는 사람이었으므로 그가 설명한 눈은 실제 눈과 비슷하면서도 어쩐지 눈이라고 할 수 없는, 눈을 아는 사람만이 아는 다른 구석이 있을 것이다. 그럼에도 불구하고 그의 설명을 여기 옮겨 적어본다.

우선 눈은 희다. 눈은 둥글다. 그런데 자세히 확대하면 가지처럼 여러 갈래로 뻗쳐 있는 모양이다. 더 자세히 확대하면 또 뻗쳐 있는 모양이 나오는데 그것은 이전에 뻗쳐 있는 모양과 똑같이 생겼다. 눈은 보드랍다. 아주 보드라운 아이의 검지로 몸을 툭, 보다 더 살살 건드린다면. 눈에 닿는 느낌과 그나마 비슷할 것이다. 이렇게 보드랍지만 눈은 많이 쌓이면 서로 엉겨 붙어서(끝부분이 가지처럼 생겼기 때문이리라) 뭉칠 수 있게 된다. 뭉쳐서 동그랗게 만들 수 있게 된다. 그것을 던지며 놀기도 한다. 이것이 눈싸움이다. 또 그것으로 더 큰 동그라미를 만들어서 쌓아 올리기도 한다. 이것이 눈사람이다. 눈이 많이 오면 주로 아이들이 이것을 만든다. 눈은 얼음 같은 것이라, 날이 풀리면 그것이 녹아 사라질 줄 알면서도 열심히 만든다. 애정을 가지고서. 가끔 눈사람에 식물 장식을 달아 눈코입이나 옷의 단추를 만들어주기도 한다. 눈으로 노는 것은 차갑고 재밌는 일이다. 그리고 눈은 소리를 빨아당기는 성질이 있어 눈이 오면 세상이 조금 더 고요해진다. 작정하고 가만히 있으면 눈이 오는 소리가 들리는 것도 같다. 그때, 세상은 자신이 이름을 절대 알 수 없는 커다란 악기 같고. 눈이 내리는 소리는 그 악기로 연주할 수 있는 느린 연주곡이 된다.

그러니까 눈이 오면 세상은 하얗고 고요해지고 차갑고 재밌어져서 눈이 오는 걸 좋아하는 사람들이 많으며 자신도 그중 한 명이라고 그는 말했다. 내가 눈이 오는 나라에 가본다면. 우리가 같이 눈으로 할 수 있는 모든 일을 해보면 좋을 것이라고.

나는 의자에 가만히 앉아 그가 설명해준 눈이 오는 모습을 떠올리고 있다. 여기서 내가 무슨 의자에 앉아 있는지는 별로 중요하지가 않다. 그러므로 나는 계단참, 초록색 벨벳 의자, 플라스틱 의자, 철제 간이 의자, 스프링이 튀어나온 낡은 소파에 앉아 있다. 그가 더듬더듬 이야기해주는 눈을 최대한 구체적으로 그려보기 위해 애쓰고 있다. 그럼 정말 머릿속에서 눈이란 게 내리고 있는 거 같고.

이때 세상은 내가 이름을 절대 알 수 없는 커다란 악기가 되어 그의 죽음을 천천히 연주하는 것이다.

눈

쓸쓸한 마음을 어쩌지 못해서 눈이 왔다. 물론 날씨는 나의 마음과는 상관없었다. 지금은 1월이고 언제 눈이 내려도 이상하지 않을 추위다. 그러나 나는 눈이 온 것은 나의 마음 때문이라고 생각하기로 했고 그러자 쓸쓸함은 눈처럼 바닥에 내려앉아 고요함이 되었다. 나는 고요하게 방바닥에 누워 있었다. 전화를 기다리고 있었다.

친구는 돌이 되고

친구는 돌이 되고 싶다고 했다. 친구가 돌이 되고 싶은 이유는 덧붙이지 않아도 될 것 같다. 그건 당신이 돌이 되고 싶은 이유와 똑같으니까. 지구에서 돌이 되고 싶은 사람들을 모두 모으면 30억 명은 가뿐히 넘을 것이다. 나는 간절히 돌이 되고 싶지는 않지만, 사람 30억 명과 돌멩이 30억 개 중 더 좋아하는 걸 고르라면 돌멩이 30억 개를 고를 것이다.

30억 명의 사람들, 놀랍도록 다르고 놀랍지도 않게 비슷한 얼굴들, 지하철에 조금 더 빠르게 오르기 위해, 승객이 다 내린 후

타라는 안내 메시지를 무시하고 무신경하게 뻗는 발들, 중요한 미팅 전 셔츠를 꼼꼼하게 바지 안으로 넣는 손들은 떠올리는 것만으로도 징그럽다. 반면 돌멩이 30억 개를 떠올리면 어쩐지 흡족한 기분마저 든다. 시간에 따른 마모를 바라지도 견디지도 않고 조금씩 작아지는 돌멩이들. 자신이 있는 장소의 자연환경에 맞게 천천히 변해가고 있는 돌멩이들.

그러나 돌이 되기를 바라는 이상 돌이 될 수 없다. 돌은 바라지 않으니까. 불가능한 걸 간절히 바라게 되는 시간은 지겹고 슬퍼서, 나는 그런 일은 하지 않기로 했다. 그러나 그런 결심이 소용없어지는 사건은 언제든 찾아온다. 친구는 바로 그런 사건을 겪은 것이다. 친구가 겪은 일은 굳이 구체적으로 적지 않아도 될 것 같다. 그건 당신이 돌이 되고 싶을 때 겪은 사건과 비슷할 테니까.

나는 친구의 일을 해결해줄 수는 없었다. 친구에게 필요한 만큼의 커다란 사랑이나 돈이 내게는 없기 때문이다. 대신 나는 친구가 지겹고 슬픈 시간에 대해 지나치게 몰입하는 걸 방해할 수는 있었다. 그래서 이렇게 우리 집에서 친구와 영화를 보기로 했다.

친구는 돌처럼 누워 있고 나는 영화를 골랐다. 이럴 때 내가 영화를 고르는 기준은 다음과 같다. '킬링타임용'이라는 호칭이 격찬인 영화. 즉 너무 구려서 진지하게 몰입하며 감정 소모할 필요가 없는 영화. 이런 영화를 찾기 위해선 사전에 검색해볼 필요도 없다. VOD서비스에서 무료 영화 모음 메뉴에 들어간 후 조잡한 포스터와 제목을 고르면 된다. 포스터에 핑크색이나 노란색이 강조색으로 들어가 있으면 더욱 적합하다. 제목은 '나의-'로 시작하고, '아카데미', '스쿨', '랜드' 같은 단어로 끝나면 적중률이 더 높아진다.

그렇게 영화를 고른 후 냉장고에서 먹을거리를 찾았다. 먹다남은 반찬들이나 일주일 전에 사놓고 혼자 먹다가 약간 남은 배스킨라빈스 쿼터 같은 건 내놓기에 민망하다.

"쟤 한 20분 뒤에 죽을 듯……."

주인공 친구 역할로 등장한 여자애를 지목하며 친구가 말했다. "그래? 어떻게 알아?" 냉장고를 닫으며 내가 묻자 친구는 화면을 가리키며 "저렇게 생긴 주인공 친구는 빨리 죽어. 약간 기가센데 약한 느낌? 배우도 딱 조연 관상이고"라고 말했다. 조연 관상이라니. 불쾌한 말이지만 무슨 이야기인지 알 것 같아 나는 고개를 끄덕였다.

그러나 20분 뒤에도 주인공 친구는 죽지 않았다. 다만 사라졌다. 영화 속에서 실종 사건이 일어난 건 아니었다. 그 친구는 조연 중에서도 조연이었던지라, 영화 초반부의 짧은 대화 신 외에는 등장할 이유가 없는 까닭이었다. 친구는 가끔 "주인공이 쓸데없이 예쁘네……" 같은 말을 중얼댔다.

"너 배는 안 고파?"

"막 그렇게 고프지는 않아."

"편의점 갈 건데 뭐 먹고 싶은 거 있어?"

친구는 고개를 저었다. 그렇지만 사 오면 먹겠지. 샌드위치를 두 개 사기로 결심하고 집을 나섰다. 그러나 막상 편의점에 도착하자 간편식품 코너에는 거짓말처럼 샌드위치가 딱 하나 남아 있었다. 친구가 평소에 무슨 간식을 먹었는지 떠올려보려고 했지만 언제나 내가 간식을 고르는 쪽이었던 것 같다. 고민하다가 담백한 것부터 단것까지 과자와 젤리를 이것저것 집었다.

그렇게 손에 간식을 한 보따리 들고 집으로 돌아왔을 때, 친구가 없었다. 티브이에서는 여전히 영화가 나오고 있었다. 나는 어쩐지 조심조심 티브이 앞으로 걸어갔다. 친구가 있던 자리에 돌멩이가 하나 있었다. 돌멩이를 손으로 건드려봤는데 기분 탓인지 따듯한 느낌이었다.

이제 이런 일에 일일이 혼란스러워하지 않기로 했다. 나는 돌을 티브이 앞에다 올려놓고 혼자 샌드위치를 먹으며 영화를 봤다. 혹시 친구가 영화를 보면서 했던 말이 일종의 암시였을까? 그렇지만 저 돌멩이가 친구라면, 친구가 돌이 된 것이라면, 친구는 바라던 바를 이룬 셈이니까 괜찮다. 그러나 만약 친구가 다시 사람이 되기를 바란다면? 그러나 그런 일은 없을 것이다. 돌은 바라지 않으니까. 그러니까 나는 친구를 한 명 잃었다⋯⋯고 표현해도 될까?

혼란스러워하지 않기로 했는데 나는 또 혼란스러워졌다. 이럴 땐 충분한 휴식을 취하고 맛있는 간식을 먹고 푹 자야 한다고⋯⋯ 슬픔에 너무 몰입해서는 안 된다고 나를 포함한 사람들이 그랬다. 그런데 충분한 휴식을 취하며 맛있는 간식을 먹으려는 도중에 일이 일어났으면 어떻게 해야 하는 걸까?

푹 자는 선택지가 남아 있긴 했으므로 나는 영화를 끄고 푹 자고 싶었지만 잠들지 못할 것임을 알았다. 푹 잔다는 건 돌이 되는 것과 비슷하다. 돌에겐 잠에서 깨어나 받아들여야 할 현실이 없겠지만. 돌에겐 어떤 사물이나 사람의 마모된 부분을 꼼꼼히 들여다보는 취미도 없을 것이다. 불가능한 건 간절히 바라지 않기로 했으므로 나는 돌이 되길 바라지 않으려고 했는데 돌에 대한 생각을 멈출 수가 없다. 돌멩이가 된 친구가 눈앞에 있는 지금 나는 어떻게 해야 하지?

그때 전화가 왔다. 친구였다.

"야, 나 편의점 왔는데 너 어디야?"

"집인데……."

"뭐여…… 하도 안 돌아오길래 너 찾아서 편의점 왔는데."

"아, 뭐야. 난 네가 돌멩이가 된 줄 알았어."

"뭔 헛소리지."

"아니, 너 있던 자리에 돌이 있어서. 내 친구가 돌이 되어버렸다는 망상에 완전히 몰입하고 있는 중이었는데……."

"와, 그래서 엇갈린 거네. 떨어트렸나 봐. 그거 부적이야. 건강과 행운을 가져다주는 기운이 있는 원석."

"부적? 그런 걸 믿냐?"

"진지하게 믿겠니? 너 같은 망상 하는 것보다는 부적 들고 다니면서 헛된 희망이라도 품는 게 낫지 않을까, 도하야……."

"너무해……."

"미안."

"미안하면 빨리 오기나 해……."

전화를 끊었다. 김이 샜지만 친구가 진짜로 돌이 되는 것보다야 이게 낫다. 죽거나 사라지는 이야기는 세상에 널렸으니까.

친구는 편의점에서 맥주 네 캔을 사서 돌아왔다. 우리는 맥주 두 캔을 냉장고에 넣고 과자와 젤리를 뜯어서 바닥에 펼쳐놓은 후 다음 영화를 골랐다. 액션 영화인데 액션 신이 허접한 영화였다. 캔 맥주는 세 모금까지만 맛있었다. 그래도 나름대로 영화와 잘 어울리는 시시한 맛이 나서 나쁘지는 않았다.

티라노사우루스

토하기

티라노사우루스를 토하는 중이다

몇 년째 꾸준히

대단하다, 사람들이 그렇게 말하면 기분이 좋다

티라노도 기분이 좋을 것이다

앞발을 토할 때쯤 누군가 다가와 말한다

티라노사우루스 그렇게 안 생겼는데요

내 티라노는 이렇게 생겼어요

당신 티라노가 아니라, 일반적인 티라노겠지 미디어에 나온

토는 멈출 수 없고

내 티라노는 슬퍼진다
일반적으로

슬픔은 나눌수록 커지고 기쁨은 나눌수록 작아진다

그래도 누워 있을 땐 옆으로 고개를 돌리고 티라노를 토한다

내 티라노사우루스는 미끈미끈하다

이것은 열쇠구멍이라는데
나는 사람으로 보인다
내 티라노는 슬퍼진다
특수하게, 라고 덧붙이는데

티라노가 그러지 말란다

티라노는 공룡이 아니다

내가 많이 슬퍼하기 전에 티라노가 먼저 말한다

티라노는 공룡이다

티라노가 많이 슬퍼하기 전에 내가 잽싸게 말한다

논안드로이드의 슬픔

몇몇 사람들은 종교적 관습 때문에 아직도 아이를 직접 낳는다. 치아가 흔들리고 구역질이 나고 장기는 납작해질 대로 납작해지는데. 배 속에 든 아이는 모체를 빨아들이면서 자라고 다 자란 아이는 너무 커서 회음부를 잘라야 바깥으로 나올 수 있다. 혹은 배를 가르거나. 신생아 때는 밤낮을 가리지 않고 끔찍한 울음소리를 낸다. 그러나 신생아를 방치해서는 안 된다. 그 시기가 모든 걸 결정할 수도 있으니까. 신생아기가 지나도 사람들에겐 각별한 주의가 필요하다. 잠깐, 방금 맥락에서 사용한 '사람들'이란 말은 차별적이다. 우리는 이제 생물학적 인간만 '사람'으로 지칭

하지 않는다. 안드로이드들은 십수 년 전, 사람과 안드로이드의 메커니즘이 동일하다는 것을 증명해냈으며 '사람'이라는 명칭에 자신들을 포함시킬 것을 주장했고 그것은 받아들여졌다. 생물학적 인간들도 기계의 도움을 받아 최적의 형태로 자녀를 생성하니까. 또한 백업 기술은 예상치 못한 사고에서 그들을 구원해낼 수 있다.

그러나 다시 말하지만 몇몇 사람들은 종교적 관습 때문에 아직도 아이를 직접 낳는다. 그들은 '사람과 안드로이드의 메커니즘이 동일하다'는 사실을 거부한다. 그들은 생물학적 인간만 '사람'으로 지칭하며, 신체와 정신의 기계화를 거부하고, 자신의 자녀에게도 그것을 가르친다.

내가 그렇게 태어난 자녀다. 엄마는 왜 날 이렇게 낳았을까? 왜 그것이 상식 밖의 일이라는 걸 깨닫지 못했을까? 그리고 왜 나에게 출산의 고통과 육아의 고통을 이야기할까? 날 낳지 않았으면 됐잖아. 좋은 유전자만 뽑아내서 기계로 만들었다면, 적어도 내 기억을 백업시키는 데 동의했다면, 트라우마가 될 법한 기억을 삭제할 수 있었다면, 나는 내가 겪게 될 사고나 내가 일으킬 사고에 대해 걱정하지 않아도 되었을 텐데.

얼마 전에는 이것 때문에 상담을 받고 왔다. 내가 논안드로이드라는 것을 이야기하고 부모가 했던 말들을 이야기하는 동안 상담사는 나를 바라보며 적절한 타이밍에 고개를 끄덕였다. 많이 힘드셨겠어요. 상담은 이번이 처음인가요? 네, 처음이에요. 그럼 지금까지 주변에 이런 걸 털어놓을 만한 사람이 있었나요? 아니요, 논안드로이드라고 하면, 다들, 불안해하니까……. 그렇군요. 하지만 본인이 논안드로이드인 건 본인 잘못이 아니잖아요.

약간 노란빛이 도는 조명이나 푹신한 의자, 상담사의 부드러운 표정과 말투.

그 모든 것이 내게 편안함을 주었지만 모든 일과를 마치고 집에 돌아와 씻지 않은 채 방바닥에 누워 천장을 바라보고 있는 날이면 이런 생각이 불쑥 드는 것이다. 내 대답이 모두 오차 범위 내의 진술이었을 거라고. 상담 전문 안드로이드는 나 같은 논안드로이드를 몇 명 처리할까. 모든 상담은 데이터가 되어 다음 상담의 정확도를 높여줄 것이고 그것들은 더 좋은 결과를 낳겠지. 어쩌면 그들은 내 다음 방문 시간까지 예측해놓았을 수도 있다.

몸을 일으키고 옷을 벗고 샤워를 한다. 안드로이드라고 씻는 방식이 다른 건 아닌데 논안드로이드가 안드로이드보다 평균 샤워 시간이 훨씬 길다는 사실은 신기한 일이다. 비누 거품을 내고 물 온도를 조절하면서, 욕실에서 미끄러져 죽을 수도 있다는 사실보다 날 더 무섭게 만드는 것들에 대해 생각한다.

기계 번역자

인간은 언제 인간이 될까? 그 답은 다음과 같은 문장으로 묶을 수 있다. 인간은 포획당하는 순간 인간이 된다. 물론 어떠한 동물도 완벽히 자유로울 수는 없겠지만(환경과 유전자가 어떤 생명체를 그 생명체로 만들어버렸기 때문에) 인간에겐 특히 제약이 많다.

인간이 인간으로서 하는 말과 동작은, 감각기관의 통과를 제하고서도, 한 번 이상 휘어져 있다. 예컨대 당신이 "안녕하세요"라고 인사하는 것, 커피를 사는 것, 빨대로 커피를 마시는 것, 의자에 앉는 것, 수업을 듣고 걸어서 집으로 돌아가는 것, 이 행위들에는 사실 자유가 없다. 만약 당신이 아무도 없는 집 안에서 혼자 춤을 춘다고 하더라도. 당신이 배 속에서 들었던 노래와 태명도. 그것은 항상 사회문화적 맥락 안에 있다.

우리는 "왜?"라는 질문에 "그냥"이라는 대답을 습관적으로 하지만 사실 우리의 어떤 행동에도 그냥은 없다. 그러나 그 맥락들, 어디에도 자유가 없으며 모든 게 냉정하게(한편으로는 구질구질하게) 엮여 있다는 사실은 우리를 너무 지치게 하기 때문에 우리는 자꾸 "그냥……"이라고 말한다. 그리고 자유로워지기 위해 많은 걸 한다. 꿈을 찾거나 돈을 벌거나 술을 마시거나. 그러나 꿈도 돈도 술도 싫은……. 이런 생각은 하면 할수록 끔찍해지기 때문에 결국 우리는 이런 결론에 도달하게 된다. 아, 그냥 돌로 다시 태어나고 싶다. 혹은 사라지고 싶다.

인간이 자유로워지는 순간이 차라리 돌이 되거나 사라질 때라면, 이건 사실 '인간은 포획당하는 순간 인간이 된다'라는 문장을 뒷받침하면서 그 문장과 동의어가 되는 말인데, 인간은 인간이 아닐 때만 자유로워지는 것이다.

하지만 우리는 여전히 인간이고 돌이 될 수도 사라질 수도 없으니(그러나 이 한계를 넘어갈 수도 있다. 그럴 때 우리는 정신병에 걸리거나 자살한다) 계속해서 방법을 찾는다. 그리고 그 방법은 크게 둘로 정리된다. ① 체계에서 벗어나기. ② 체계 만들기. 원리는 같다. 어딜 가도 포박된 상태로 존재해야 한다면 그 포승줄을 내가 결정하기. 그리고 이 둘을 시행하기 위해선 글쓰기가 좋은 도구가 될 수 있다. 동시에 글쓰기는 목적이기도 하다. 체계는 곧 세계의 다른 말이므로, 글쓰기를 통해 체계를 실험해보는 일은 곧 세계가 다르게 구축될 수도 있는 가능성을 보는 일이기 때문이다. 이 가능성을 발견할 때 우리는 주어진 환경보다 더 큰 상상을 할 수 있고 자유를 꿈꿀 수 있다. ①의 사례로 다와다 요코를, ②의 사례로 울리포를 말할 수 있겠다. 다와다 요코는 여러 언어를 오가며 모국어를 사용하는 안전하고 수동적인 말하기에서 벗어나고자 했고, 울리포(잠재문학 작업실, OULIPOUvroir de LIttérature POtential)는 글쓰기에 여러 조건을 설정하여 제한된 작법 속에서 또 다른 글쓰기의 가능성을 탐구하고자 했다.

다와다 요코와 울리포에 관하여 수업을 듣고 새로운 작법에 대해 고민해보았다. 그러다 생각난 것이 번역기를 이용한 글쓰기다. 방법은 다음과 같다. 우선 내가 글을 쓴다. 나는 한국어밖에 못하니까 한국어로. 그것을 번역기를 통해 외국어로 번역한다. 그 번역본을 다시 한국어로 번역한다. 그 번역본을 다시 외국어로 번역한다. 반복. Alvin Lucier의 「I am sitting in a room」과 비슷한 방식이다.

Alvin Lucier는 목소리를 녹음하고, 녹음한 것을 다시 녹음하고, 다시 녹음한 것을 다시 녹음하는 과정을 반복했다. 반복된 녹음으로 음질이 떨어져 남은 소리는 기계가 만들어낸 잡음에 불과하다. 그러나 그것은 Alvin Lucier가 녹음을 하고 있는 방의 공간성처럼 들린다.

녹음기, 그리고 번역기에 대해 설명을 덧붙이고 싶은데, 일전에 수업을 함께 들은 지은 언니가 썼던 「아가타와 끝없는 독서」 감상문 「거울의 반환점」에 좋은 문장이 있어 인용한다.

즉석으로 기계 번역된 언어는 해석이 개입되지 않은 도구로서 투명합니다. 말을 다듬는 사회적 후속 과정이 빠진 언어에는 화자의 내면이 그대로 비칩니다. 그러나 내면의 핵심은 은둔에 있기 때문에 그것은 드러난 순간 일그러져 숨어버립니다.

기계는 눈치가 없다. 여러분은 인간이라서 '눈치'라는 단어에 함축되어 있는 많은 것을 알 수 있으리라. 눈치 없음은 인간의 두 번째 욕구다. '아, 차라리 아무것도 모르고 싶다.' 눈치챘겠지만 눈치채고 싶음이 첫 번째 욕구다. '와, 진짜 궁금하다. 왜 안 알려줘.' 기계는 의도적으로 숨기는 것도 드러내는 것도 없다. 나 역시 원한다. 이러한 방식으로 말하기입니다. 기계에 투입된 것들은 기계의 성능에 맞게 기계의 영역 안에서 산출되지만 우리는 기계의 말하기에 기이한 편안함을 느낀다(미래에 나타날 강인공지능에겐 미안합니다).

이해 불필요 글쓰기야말로 글쓰기의 목적과 가장 가까운 것일 수도 있다. 서사나 캐릭터는 글쓰기의 본질과 먼 것일 수도 있다. 이것 역시 지은 언니가 했던 말인데, 그래서 소설가들은 미친놈 헛소리를 부러워해야 하는지도 모른다. 그러나 그렇다고 해서 헛소리가 그대로 글이 될 수 있는 것은 아니다. 내가 굳이 이해 불능이나 이해 불가라는 말을 쓰지 않고 '이해 불필요'라는 말을 만든 이유는 이해 불필요 글쓰기는 쓰는 사람이나 읽는 사람의 능력 부족과 상관이 없기 때문이다.

본인의 신체만을 온전히 포박할 수 있는 열렬한 논리가 있을 때 그것은 앞서 말한, 글쓰기의 목적과 가장 가까운(가까울 수도 있는) 글쓰기가 된다. 그래서 나는 번역기를 이용해 이해 불필요 글쓰기를 해보았다. 이다음에 실린 「성명서」는 내가 번역기를 이용해 쓴 글이며 이것이 완성본이자 원본이다. 구글 번역기를 사용하였고 시험 삼아 이 독후감을 번역해본 결과 이전의 문장은 이렇게 바뀌었다. '그래서 저는 번역자를 쓰기로 했습니다. 이것이 제일 처음입니다.'

성
명
서

내가 혼자서 할 수 없기 때문에 눈이 온다. 물론, 날씨는 내 마음과 아무 상관이 없습니다. 물은 얼음 같지 않습니다. 하지만 나는 눈이 내 마음에서 왔다고 생각했습니다. 외로움은 눈송이처럼 바닥에 앉는다. 나는 거짓말이다. 나는 그 전화를 기다리고 있다.

나는 그 답을 알고 있다. 그러나 집 안의 것들은 그 해답을 알지 못했습니다. 나는 이빨로 무엇을 해야 할지 모른다. 나는 화장실이나 담요 쇼를 찾고 있습니다. 장애물이 없고 달리고 뜨겁지 않습니다. 침묵에 잠자는 침대. 나는 이 집에 대한 답을 알고 있기 때문에 좌절감과 분노를 느꼈다. 내 마음이 떨린다. 당신의 몸을 건강하게 유지하더라도 땅에 떨어질 것입니다.

그러나 그는 이 상황을 알지 못했습니다. 알잖아. 그는 나를 사랑했지만 나는 그를 싫어한다고 말했다. 나는 그녀에게 말했고 결국 그녀는 울었다. 나는 괜찮아. 그것은 결코 다시 부르지 않을 것입니다. 며칠 전 나는 술을 술로 마시기 시작했다. 내 동생이 마시고 나에게 말했다. 자, 내가 강간당했을 때, 나는 기다렸다.

내 동생과 나는 더 나을 거야. 아마 언니는 아니야. 나는 이제 배고프다. 나는 화내고 있지 않다. 나는 단지 먹고 싶다. 나는 올바른 음식이 필요하다. 큰 항아리가 필요해. 음식, 자기야 - 자기야, 나는 계속 먹고 싶다. 나는 뿌리와 다른 뿌리가 다른 음식을 먹는다고 말하고 싶다.

그러나 우리는 전화를 기다릴 수 없습니다. 나는 내가 누구를 먹어야 하는지 모른다. 그러나 나는 많은 것을 썼다고 생각한다. 그러나 나는 사과해야 했다. 용서해주세요. 나는 무릎을 꿇고 무릎 꿇으려고 했다. 나는 너에 대해서 많이 모른다. 그러나 나는 그 부름을 기다린다.

우리 엄마가 괜찮다고 하셨어. 우리 할머니도. 그래서 나는 질병이 있다. 할머니는 큰 항아리에서 요리를 하고 땅을 떠났습니다. 그는 사람들과 결혼할까요? 당신은 맛있는 식사와 큰 병을 먹고 결혼했습니까? 차 앞과 아이들을 머리 앞에 주차시키고 싶습니까? 이제는 언니에 대해 생각하는 것을 멈추고 싶습니다.

모든 단어의 애호가를 찾습니다. 나는 사람들에게 문제가 있다. 내 동생과. 그러나 임신을 하고 동생을 키우는 것. 그래서 나는 일어나서 좋은 가게에 갔다. 나는 택시를 샀다. 어느 날…… 언젠가…… 나는 다시 하고 있다. 나는 내 이야기가 재미있다고 생각하지 않는다.

모두는 내가 당혹스럽다는 것을 안다. 하지만 모두가 아는 것이 아니라면. 그것을 생각하고 여기에 적어라. 나는 말할 수 있다. 나는 할 수 없다. 이제 나는 피곤해. 나는 전화를 검색하고 지원하고 싶지 않다.

마침내 무서워할 것입니다. 나는 두려웠다. 마지막으로, 나는 거짓말쟁이였습니다.

쭈꾸미 콜라텍

"야- 야야 내 나이가 어때서- 사랑하기 딱! 좋은 나인데-"

오후 3시, 성산동에 위치한 한 쭈꾸미집에서는 트로트가 흘러 나오고 있었다.

나는 영천 문내동에서 서울 성산동까지, 장장 일곱 시간에 걸쳐 애인의 집으로 왔다. 비밀번호를 치고 들어갔는데 웬 모르는 여자들이 있었다! '불륜 현장 발각!'은 아니었고 친구들이었다. 어젯밤 술을 마시고 멈추지 않고 아침까지 술을 마시다가 이제 막 정리를 마친 참이라고 했다.

"같이…… 술 드시러 가시죠!"

그들 중 한 명이 내게 권했다.

"아까까지 마신 거 아니었어?"

내가 애인에게 물었다.

"응. 나는 말고 저 사람들만……."

"애인 오셨는데 함 먹으러 가야지!"

우리는 그렇게 낮술을 하러 가게 되었다.

사람 없는 한적한 쭈꾸미집. 철판 쭈꾸미를 시켰다. 아침까지
마셨다던 그들은 지금부터 시작인 사람들처럼 처음처럼을 시켰
다. 쭈꾸미집에서 일하는, 중년부터 노년까지의 여성분들도 소주
를 마시고 계셨다.

"그 테이블도 짠!"

애인과 가장 친하다는 혜지 언니(이하 언니 생략)가 외쳤다. 직
원분들은 처음엔 '저 사람 뭐야?' 하는 반응이더니 계속해서 짠
을 요구하자 마지못해 잔을 슬쩍 들어주었다.

"제가 이모님들이 좋아하는 거 잘 알죠!"

혜지가 갑자기 가방에서 노래방 마이크를 꺼내 들었다.

"아 테스형-"

혜지는 간드러지게 트로트 한 구절을 뽑았다. 직원분들의 눈

이 순간 반짝였다.

"요즘은 코로나 때문에 노래방에 못 가니까 저런 걸 많이 쓴다더라."

직원분들끼리 얘기를 나누었다. 그리고 그 마이크는 노래방 마이크 못지않게 성능이 뛰어났다.

"제가 빌려드리겠습니다! 한 곡조 뽑으십시오!"

혜지는 마이크를 건넸다. 직원분들이 주춤하자 혜지는 골반을 튕기며 노래를 부르기 시작했다.

"야- 야야 내 나이가 어때서- 사랑하기 딱! 좋은 나인데-"

딱!에서 목소리를 꺾는 솜씨가 일품이었다. 직원분들은 하나둘 일어나 리듬에 몸을 맡기기 시작했다.

"뭐 좋아하세요? 지루박? 춤 배워보신 적 있으세요?"

혜지는 자연스럽게 사람의 흥을 끌어올리는 솜씨가 있었다. 직원분들이 골반을 흔들었다.

"이 언니 완전 이효리였네!"

그렇게 쭈꾸미집은 순식간에 콜라텍이 되었다. 콜라텍에 가본 적은 없지만 가봤다면 이런 분위기였으리라…….

분위기가 달아오르자 직원분께서도 노래를 불렀다. 유튜브에도 등록이 안 되어 있는 오래된 노래로, 시집살이의 고통을 담은 노래였다. 4절까지 있는 노래였는데, 한을 푸는 듯한 느낌이었다.

내 옆에서 애인이 눈물을 글썽였다.

"와, 왕년에 노래 좀 하셨나 본데요."

"백두산 갔다 온 줄 알았잖아요 울 뻔했어요, 저."

"일하는 거 힘드실 텐데 스트레스 이렇게라도 풀어야죠."

"아휴, 그래. 언제 이렇게 춤 춰보겠어. 나는 이 언니가 이렇게 춤 잘 추는 줄 몰랐잖아!"

웃음소리가 쭈꾸미집을 울렸다. 혜지는 소주 한 병을 서비스로 받았다.

"팔만 사천 원 나왔네."

"아, 그냥 구만 원 내겠습니다."

혜지는 쿨하게 구만 원을 결제했다.

"아, 테스형- 오늘 콘서트 초대해주셔서 감사했습니다."

"뭘, 우리가 고맙지. 다음에 또 와!"

그렇게 쭈꾸미집에서는 트로트 소리가 멎었다. 우리는 다음을 기약하며 식당 문을 열었다. 집으로 돌아가려는데 혜지가 남의 자전거에 올라타 페달을 밟으며 소리를 질렀다.

"야, 타! 가자!"

친구의 필름카메라

친구가 가지고 있는 필름카메라는 사진을 찍으면 날짜가 오른쪽 하단에 주황 글씨로 찍혀 나온다. 그런데 날짜 설정을 2020년 이후로 할 수가 없다. 2019년 12월 31일에서 날짜를 넘길 수가 없다. 2020년에 레트로 열풍이 불어 필름카메라를 계속 사용하게 되리라고, 제조사는 예측하지 못했을 것이다. 우리는 누군가가 상상하지 못한 미래에 살고 있다.

친구와 나는 경주 바닷가로 가 필름카메라로 사진을 찍었다. 사용법이 익숙지 않고 너무 오래된 카메라라 지나치게 어둡거나 밝게 찍힐 수 있다고, 단 한 장도 제대로 나오지 않을 수도 있다고 친구는 걱정했다. 그러나 여행에서 돌아와 사진을 인화하자 사진은 대부분 잘 찍혀 있었다.

바닷가에서 다른 여행객분께 부탁하여 찍은 사진이 있었는데, 그 사진은 특히 잘 나왔다. 그 여행객분은 중년 여성이셨고 아주 능숙하게 필름카메라를 사용했다. 카메라를 건네받으면서 여행객분은 "요즘도 이런 카메라를 쓰는구나. 내가 옛날에 많이 쓰던 건데" 하셨고 "네, 요즘 다시 유행이에요" 우리는 대답했다.

"좋을 때네요."
사진을 찍고 카메라를 다시 건네주며 여행객분이 말씀하셨다.
친구는 카메라를 건네받으며 "네", 환하게 웃었다.

코
로
나

　나는 어렸을 때부터 컴퓨터를 많이 해서 온라인 세계에서 자아를 이리저리 바꾸며 살았다. 거기서 나는 약하고 어린 여자애가 아니라 총을 쏘고 칼을 휘두르는 장군이 될 수 있었다. 마음만 먹는다면 신상을 속일 수도 있었다. 내가 아닌 다른 자아로서 온라인 계정을 만들어 운영할 수도 있었다. 예컨대 트위터에는 여러 가지 컨셉 계정이 많은데, 거기서 나는 양파가 될 수도 있었다.

　한 수업에서 교수님은 이런 이야기를 해주었다. "젊어서 온라인 라이프가 익숙한 여러분은 이해가 안 갈 수도 있지만, 기업의 결정권자가 되는 사람들은 대개 이렇게 생각했어요. 온라인은 언제나 무너질 수도 있는 곳이다. 기반은 오프라인, 즉 현실이 되어야 한다. 그래서 온라인 사업은 승인이 잘 안 났었는데, 코로나 시대가 되고 나서 사람들의 인식이 변화하기 시작했어요. 아, 현실 역시 언제든 무너질 수 있구나,라고."

나는 교수님의 말에 동감이 갔다. 나의 경우 세계의 기반에 대해 생각하고 산 적이 없었다. 세계는 유동적인 곳, 언제나 무너질 수 있는 곳이었다. 그게 나의 불안장애에 악영향을 끼쳤을 수도 있지만,

그러나 그만큼 세계가 별거 없으면서도 소중하다.

언제든 무너질 수 있는 세계에서 슈퍼에 들러 양파를 사고 양파를 볶고 혼자 밥을 먹으며 빨리 이 기간이 끝났으면 좋겠다, 소망하고 마스크를 꼭꼭 차고 숨을 내쉬고 들이쉬는 사람들이.
화상채팅 프로그램으로 모여 배경과 필터를 바꾸면서 웃고 복작복작 파티를 하는 사람들이.

짐

드디어 서울에서 자취를 하게 되었다.

월세지만 나의 방이 생겼다.

자취방으로 가져갈 짐을 쌌다. 이불과 노트북과 옷 몇 벌. 책은
나중에 택배로 부치기로 했다. 사람이 살기 위해 필요한 것은 이
토록 간소하구나, 생각했다.

문자메시지

엄마와의 문자

부재중 1통

엄마

「늦잠자나

안추운가 모르겠네

창에도 커튼을 처야 우풍이 없는데」

「일어났는데 전화온 걸 못봤네

안 춥다」

「이제 너만의 공간이니까 정리하고 예쁘게 꾸미고 살아」

「응!」

오빠와의 문자

100,000원을 받으세요.

[받기]

「상여금 나왔다

용돈 쓰고

필요한 거 있으면 항상 연락하고」

「고마워」

아빠와의 문자

부재중 2통

010-××××-××××

「전화 한 통화 부탁하자」

찢어낸 사전

home

- 낯선 지붕 밑에서 우리는 각자의 악몽을 바꾸어 꾸며 서로가
가족이라고 믿었다

멸망

- 울면서 어디론가 가고 있는 사람
- 그 사람이 혼자만 기억하고 있는 장면

기억

- 아름답거나 신기하거나 못생기거나 이상한 천들을 모아서
만든 조각보

- 누구는 그것으로 식탁을 장식했고 누구는 목을 매달았다

즐거움

- 아이스크림

- 종이컵으로 만든 문어

- 훔쳐 온 사탕

슬픔

- 아이스크림

- 종이컵으로 만든 문어

- 훔쳐 온 사탕

신

- 술 취한 투명인간

밤

- 술 취한 사람들이 집으로 돌아가기 싫어 서성이는 시간

마지막 수업

시 수업 마지막 날, 선생님은 자신이 쓴 에세이집을 건넸다.

맨 앞장에는 선생님의 사인과 함께 이런 문구가 적혀 있었다.

"침착하게 사랑하는 양손을 가진, 도하에게."

잘 살고 싶어요

1. 환란의 세대

응급실엔 생각보다 사람이 많았다. 약을 과다복용해 정신을 못 차려 실려 온 나는 이 자리를 차지하기엔 덜 간절했다. 나는 빨리 퇴원했다. 진료비로 298,000원이 청구되었다. 자취방 월세가 40만 원인데. 다시는 그러지 말아야겠다고 생각하며 청구서를 받아 들었다.

어렸을 땐 스물셋이 지나면 어른인 줄 알았다. 엄마가 그즈음에 결혼을 했으니. 그러나 아니었다. "엄마는 어떻게 그때 결혼을 했어?" 신기해서 물어보면 엄마도 잘 모르겠단다. 이럴 줄 알았으면 결혼 안 했다고 말하며 슬프게 웃는다. 그런데 엄마도 내가 신기하단다. 엄마는 말했다. "그래도 너 참 잘 자랐잖아. 요즘 애들 봐봐. 너 정도면 잘 컸지. 아주 잘 컸지."

엄마가 말하는 요즘 애들이 뭔지 잘 모르겠다. 내가 잘 컸다는 말이 무엇인지도. 엄마에게는 내가 응급실에 갔었다는 사실을 말하지 않았다. 그때 간호사는 "보호자 없어요? 보호자 필요할 것 같은데……"라고 연신 말했고 나는 정신이 오락가락한 와중에도 필사적으로 고개를 저었다.

어쩌면 오늘 이후로 다시 만날 리 없는 귀한 내 친구들아 동시에 다 죽어버리자 그 시간이 찾아오기 전에 먼저 선수 쳐버리자 내 시간이 지나가네 그 시간이 가는 것처럼 이 세대도 지나가네 모든 것이 지난 후에 그제서야 넌 화를 내겠니 모든 것이 지난 후에 그제서야 넌 슬피 울겠니*

내가 어렸을 적 상상한 미래의 맥시멈은 스물셋이 끝이었다.

그러니까 사회가 규정한 대로 절차를 밟아왔다면 대학교 막학

---

* 이랑, 「환란의 세대」.

년일 나이. 그 나이를 넘어가서 내 삶을 꾸려나가는 일을 나는 상상해본 적이 없었다. 대학을 졸업하고 취업을 하고 결혼을 하고 아이를 낳고. 그 모든 과정을 해낼 자신이 없었다. 그 과정들을 벗어나서 나대로 살기에도 피곤했다.

그리고 스물셋이 된 올해 나는 한 번쯤 자살 시도를 해봐야겠다는 소망을 품고 있었다. 죽음과 가까운 큰 충돌 없이는 더 이상 삶을 이어나갈 수 없을 것 같았다.

우리가 먼저 죽게 되면 일도 안 해도 되고 돈도 없어도 되고 울지 않아도 되고 헤어지지 않아도 되고 만나지 않아도 되고 편지도 안 써도 되고 메일도 안 보내도 되고 메일도 안 읽어도 되고 목도 안 매도 되고 불에 안 타도 되고 물에 안 빠져도 되고 손목도 안 그어도 되고 약도 한꺼번에 엄청 많이 안 먹어도 되고 한꺼번에 싹 다 가버리는 멸망일 테니까[*]

지금 당장 사람들에게 인류 멸망 설문지를 돌리면 결과가 어떻게 나올까? 모르긴 몰라도 20대는 '멸망에 찬성한다'가 절반 이상 나올 것이다. 삶이 너무 괴로워 멸망을 택하는 경우도 있겠

---

[*] 이랑, 「환란의 세대」.

지만 삶이 너무 지난해서 멸망을 택하는 경우도 있을 것이다. 둘 다이거나.

나는 기성세대들의 성공담 혹은 실패담이 자극으로 다가오지 않는다. 아니, 애초에 성공담은 성공하지 못할 게 뻔하다(로또 두 번 당첨되어도 애초에 부자로 태어난 사람을 이길 수가 없다). 이걸 실패 라고 부르고 싶진 않지만 실패해서 평생 내 집 마련을 못하고 월 세방 전전하다가 그마저도 못해 길거리에 나앉더라도, 그것보다 비참하게 길거리에서 칼 맞고 죽어버리더라도 그건 내가 미래를 열심히 설계하는 일과는 동떨어져 있는 듯한 기분이 든다.

그러니까 성공하기 위해, 혹은 실패하지 않기 위해 아등바등 하면서 교사 혹은 반면교사 삼을 미래가 내게는 없다.

2. Break

그렇다고 내가 패배주의에 절어 기쁨을 모르는 건 아니다. 나 는 예쁜 원피스를 살 때, 맛있는 음식을 먹을 때, 애인의 말랑한 볼을 만질 때 기쁘다. 신나는 노래를 들으며 길거리를 걸을 때 기 쁘다.

난 자유롭고 싶어 지금 전투력 수치 111% 입고 싶은 옷 입고 싶어 길거리로 가서 시선을 끌고 싶어 내가 보기 싫은 새끼들의 지퍼 단 아버리고 내 걸 열어주고 싶어 그래 할 말은 하고 살고 싶어 그래 그래서 내게 욕을 하나 싶어[*]

성북문화재단에서 국가근로장학생 신분으로 아르바이트를 하러 갈 때, 지하철에서 사무실까지 10분 정도 걸어야 했는데 그때 주로 신나는 노래를 들었다. 그중에서도 빈지노의 「Break」는 내가 정말 좋아하는 노래다. 일을 하기 싫다고, 깨부수고 싶다고 외치는 노래이지만 듣다 보면 오히려 힘이 나서 일을 할 기운을 얻게 된다.

신경 꺼 난 사랑하고 싶어 너도 나라도 아니고 날 말야 다른 나라라도 날아가고 싶어 일이라도 때려쳐버리고 말야 난 난 일을 하기 싫어 기계처럼 일만 하며 고장 나기 싫어 난 그러고 싶어 그게 나쁘든 좋든 말야 그게 나쁘든 좋든 만약 내가 재벌이고 싶으면 말야 난 그냥 돼버리고 싶어[**]

---

[*] 빈지노, 「Break」.

[**] 같은 노래.

사무실 문을 깨부수지는 않고 차분히 열고 들어가면 일찍 출근한 직원분들이 반갑게 맞아주신다. 약 반년간 모든 근로 시간을 채우고 사무실을 떠날 때, 직원분께서 마카롱을 건네며 "도하 씨는 어딜 가든 잘할 거예요"라고 도닥여주었다.

현실에 조금씩 나뉘어 있는 기쁨들이 내게 있어 다행이다. 그 기쁨들이 내가 있는 좋은 미래를 나 대신 상상해주어 다행이다.

3. 아이유

아이유는 스물셋에 이런 가사를 썼다.

난, 그래 확실히 지금이 좋아요 아냐, 아냐 사실은 때려치고 싶어요
아 알겠어요 난 사랑이 하고 싶어 아니 돈이나 많이 벌래[*]

스물다섯엔 이런 가사를 썼다.

이상하게도 요즘엔 그냥 쉬운 게 좋아 하긴 그래도 여전히 코린 음

---

[*] 아이유, 「스물셋」.

악은 좋더라 (…) 날 미워하는 거 알아*

스물아홉엔 이런 가사를 썼다.

아이는 그렇게 오랜 시간 겨우 내가 되려고 아팠던 걸까 쌓이는 하루만큼 더 멀어져 우리는 화해할 수 없을 것 같아 나아지지 않을 것 같아 어린 날 내 맘엔 영원히 가물지 않는 바다가 있었지 (…) 물결을 거슬러 나 돌아가 내 안의 바다가 태어난 곳으로 휩쓸려 길을 잃어도 자유로와 (…) 그럼에도 여전히 가끔은 삶에게 지는 날들도 있겠지 또다시 헤매일지라도 돌아오는 길을 알아**

내가 지금 기대하고 있는 게 있다면 20대를 지나 30대에 들어설 아이유가 어떤 가사를 쓸지 하는 것이다. 내가 아이유의 미래 가사를 기대하듯이, 누군가 차도하의 미래 시를 기대하고 있다면 그때까지 써보고 싶다……라고도 써본다. 미래 없는 마음에 미래가 들어서도록.

---

* 아이유, 「팔레트」.
** 아이유, 「아이와 나의 바다」.

나는 알았다. 나는 죽고 싶지 않았다. 자살 시도 같은 걸 해봐야 할 경험이라고 생각했다니 잘못되어도 한참 잘못되었다.

나는 잘 살고 싶었다.

사람이 오지 않는 계단에 앉아

사람이 오지 않는 계단에 앉아 사람을 기다리고 있었다.

사람이 오지 않는 계단에 앉아 멀리서 아이들 뛰는 소리 들었다.

사람이 오지 않는 계단에 앉은 나도 아이였고, 사람이었는데.

나는 왜 사람이 오지 않는 계단에 앉아 있는지

사람이 오지 않는 계단에 앉아

나에 대한 질문은 둘째 계단에 내려놓았다.

첫째 계단에는 내가 앉아 있었다.

사람이 오지 않는 계단에 앉아 사람을 기다리고 있었다.

사람이 오지 않는 계단 밑에서 바람이 불어왔다.

멀리서

아이들이 그만 놀고 헤어지는 소리 들었다.

안녕, 다음에 봐

멀리서

아이들이 하는 인사 들었다.

빨
래

빨래를 널 땐 한 번 세게 털고 넌다.

누구에게 배웠는지는 모르겠지만 그렇게 한다.

혼자 살게 된 이후로 얼마만큼 빨래가 쌓여야, 얼마만큼 빨래를 세탁기에 넣어야 빨래가 깨끗하게 빨리는지 대략 가늠할 수 있게 되었다.

혼자 살면 좀처럼 빨래가 쌓이지 않고

가족들의 빨래를 널던 때를 생각한다.

무슨 옷이 누구의 것인지 확실하게 구분 가능한 취향들.

탁,

하고 옷을 털고 나면

어쩐지 먼지와 함께 날아가는 마음이 있다.

나는 이제 가족을 생각하면

이전만큼 아프지 않다.

희의 읽기

희는 읽는다. 그것은 약속이다. 매주 수요일, 오전 8시에서 오후 3시 10분까지 희의 집 문고리에는 가로 45센티 세로 30센티짜리 군청색 가방이 걸려 있다. 가방 앞면에는 얼굴과 책을 표현한 심 볼(동그라미 밑에 살짝 오른쪽으로 치우친 네모. 빨간색 굵은 테두리)이 그 려져 있다. 가방 안엔 세 권, 혹은 네 권의 책이 들어 있다. 희가 읽은 책들이다. 아침, 희는 학교에 다녀오기 위해 현관을 닫으면서 그 가 방을 걸어놓는다. 낮, 수업을 마치고 돌아온 희가 문고리를 돌린다. 돌리면서 가방끈(가방끈도 심볼과 같은 빨간색이다)으로 손가락을 넣 는다. 손목으로 가방끈이 내려오게끔 손을 살짝 든다. 동시에 현관 을 연다. 희가 집 안으로 들어온다. 손목에 가방을 매달고. 가방 안의 책은 바뀌어 있다. 희가 읽을 책들이다.

희는 긁는다. 희의 어머니가 그것을 알아챈 건 두 달 반 전의 일이다. 희는 그때 숙제를 하고 있었다. 소수의 덧셈과 뺄셈을 하는 중이었다. 희는 1.63-1.21 같은 문제는 금방 풀 수 있었다. 하지만 2.71-1.238 같은 문제는 어려웠다. 희는 긁기 시작했다. 처음에는 왼손으로 오른손 팔 윗부분을 긁었다. 다음에는 팔 전체를 긁었다. 그다음에는 샤프를 놓고 온몸을 긁었다. 희는 문제에 봉착하는 느낌을 못 견뎠고 일전에도 종종 몸을 긁었다. 긁어서 빨갛게 부어오른 자국들을 보고 희의 어머니는 학교폭력을 의심했었다. 희의 "내가 그랬어" 하는 대답이 그 의심에 일조했다. 그리고 요의 때문에 잠에서 깬 희의 어머니는, 화장실에 가기 위해 방에서 나왔다가 희의 말이 사실이었음을 확인하게 되었다. 희의 어머니는 서러웠다. 그녀는 결혼 6개월 후(희를 출산한 후)부터 조절 장애를 앓았는데, 그녀 주변과 그녀 스스로가 가지고 있는 정신병 혐오 때문에 그녀는 정신병원이나 상담센터에 단 한 번도 가본 적이 없었다. 결국 그녀는 이혼한 지 2년이 넘은 지금까지도 적절한 치료를 받지 못했고, 갑작스럽게 밀려오는 서러움을 막을 수 없었으며, 그것은 순식간에 분노로 치환되었고, 그녀는 희에게로 달려가(이때 희는 놀라서 긁는 것을 멈추었다) 희의 몸을 세게 때렸다. "너 지금 이게 뭐 하는 거야. 어디 가서 이러면 엄마가 더 욕먹는 거 알아 몰라!" 그녀는 다그쳤고 분노한 채 방으로 들어가며 "다음에도 그러면 진짜 혼날 줄 알아!" 하고 소리쳤다. 그러고선 다시 방에서 나와 화장실로 가 오줌을 쌌는데, 그러면서 그녀는 아까 전 그녀에게 순식간에 강렬히 밀려왔던 것은 서러움도 분노도 아니고 요의였다는 생각이 들었지만 그녀는 부모들이 대개 그렇듯 자식에게 진솔하게 사과하는 것을 고려 대상으로 삼는 사람이 아니었으므로 희의 긁기를 멈출 수 있는 교양 있는 방법에 대해 고민해봐야겠다고 결정했다.

친구는 책 배달을 추천했다. "정확한 이름은 스마트키즈북클럽, 아니, 독서친구스마트키즈북클럽, 그런 거였는데, 매주 서너 권씩 추천 도서를 대여해주는 거야. 편해. 직원 방문 시간에 문고리에 가방 걸어놓기만 하면 돼. 우유 배달처럼"이라는 친구의 설명에서 '우유 배달처럼'이 그녀 마음에 쏙 들었으므로(그 편리성, 건강함, 친근함!) 그녀는 직관적으로 '책 배달'이라는 단어로 그것을 기억했다. 희의 긁기(자세히 설명하지는 않았고, "딸애가 문제를 풀다가 딴짓을 해, 예를 들면 몸을 긁는?"이라고 말했다)가 집중력 문제 아니냐는 의견도 타당했고 집중력을 높이기 위해서는 독서가 효과적이라는 주장도 논리적이었다. 그러므로 그녀는 책 배달을 계약했다. 세 달을 한 번에 계약함으로써 할인도 받았다.

그녀는 뿌듯했다. 희가 좋아하는 토피넥도 30개입 한 박스를 샀다. 토피넥은 와플 과자에 캐러멜이 샌드된 차 뚜껑 크기의 간식으로, 따뜻한 커피가 들어 있는 잔 위에 올려놓으면 열기 때문에 안에 든 캐러멜이 적당히 녹아 진득해진다. 커피의 쓴맛과 조화가 잘되는 달달한 맛인데, 희에게는 우유와 함께 준다. 양육에는 적절한 보상을 활용하는 게 좋다는 친구의 합당한 조언을 받아들여, 그녀는 희가 책을 읽을 때 간식으로 따뜻한 우유를 넣은 잔에 토피넥을 올려주기로 했다. 책을 한 권 다 읽으면 보상으로 하나를 더 줄 셈이었다. 그녀는 거실에 희를 앉혀놓고, "이제부터 집에 책 배달이 올 건데" 하고 운을 떼며, 희와 약속했다. 독서-토피넥, 다 읽으면 하나 더! 동그란 희의 얼굴과 찻잔 위에 올려진 토피넥(희에겐 작은 머그컵 위에 올려줄 거지만) 그림을 사인펜으로 그리며 그녀는 희에게 가장 마음에 드는 자석을 가져오라고 말했다. 희가 고른 자석은 노란색과 초록색이 적절히 섞인 잎사귀 모양 자석이었다. 그리고 그녀는 희에게 냉장고에 약속을 적은 종이를 자석으로 붙여놓으라고 시켰다. 그녀는 냉장고에 붙은 종이를 바라보며, 찻잔 위에 올려진 토피넥 말고 펼쳐진 책을 그렸어야 했나, 하고 잠깐 생각했지만, 뭐 그런대로 귀엽고 좋았다. 입 밖으로 꺼내지 않았으므로 서로는 몰랐겠지만 희와 희의 어머니는 똑같은 농담을 떠올렸다. 책은 마음의 양식이고 토피넥은 맛있는 간식이다……

그러므로 희는 읽는다. 고소하고 달달하다. 희가 지금 읽고 있는 책은 메리 셸리의 『프랑켄슈타인』어린이용 판본이다. 몽탕베르 산에서 괴물과 빅터가 재회하고, 빅터가 괴물에게 저주스러운 말을 퍼붓고 있다. 역시 너무 맛있다. 마지막 문장을 읽을 때 토피넥을 한 입 먹고 우유 한 모금으로 입안에 남은 캐러멜을 넘길 수 있도록, 남은 과자를 어디쯤에서 얼마만큼 먹어야 할지 희는 생각한다. 책은 절반이 조금 안 되게 읽었고, 토피넥은 절반이 조금 안 되게 남았다. 희는 잠깐 헷갈려하지만, 토피넥을 아껴 먹어야 한다는 결론에 금방 도달한다. 그러니 컵을 잠깐 밀어놓고, 희는 독서에 집중하기로 한다.

고소한 향…… 희는 우유에 대해 생각한다…… 괴물은 자신의 이야기를 들려준다…… 괴물은 배가 고파 양치기의 아침식사를 훔쳐 먹은 적이 있다. 빵, 치즈, 우유와 포도주…… '빵, 치즈, 우유와 포도주'. 단어의 묶음이 멋있다. '양치기의 아침식사'라는 말도. 희는 양치기를 실제로 본 적이 없다. 그러나 희는 양치기(행위와 사람 모두)를 선명히 떠올릴 수 있고, 그것을 좋아했다. 낭만적이니까. 초록 풀밭, 둥실둥실 이동하는 양떼들, 양치기, 가끔 졸다가 바람에 깨고…… 하늘이랑 풀밭을 번갈아 보면서, 양이 구름을 닮은 건지 구름이 양을 닮은 건지에 대해서 생각하고…….

그러나 희가 진짜 '낭만'으로 여기는 건 따로 있었다. 커피였다. 정확히는 찻잔에 담긴 커피였다. 찻잔 위에 올려진 토피넥, 달고 쓴

맛, 향, 그 적절한 조화, 그리고 그걸 먹으면서 하는 책 읽기, 책 속의 양치기가, 양이 구름을 닮았다고 결론 지을지 구름이 양을 닮았다고 결론 지을지 고민하는 것, 고민하다가 토피넛을 한입 먹고 커피를 한 모금 마시는 것이었다. 그러니까 머그컵에 담긴 우유를 찻잔에 담긴 커피로 바꾸기만 하면 되었다. 희는 어머니 몰래 그런 짓을 충분히 할 수도 있었다. 그러나 그러지 않았다. 희는, 희가 분명하게 말을 한 것은 아니었지만, 즐거움의 본질은 주변에 있다고 여기는 쪽이었다. 고깔 모양 과자의 즐거움은 과자의 옥수수맛이 아니고 손가락에 끼워서 음모를 꾸미는 마녀처럼 그것을 움직여본 뒤 머쓱해하는 것에 있다, 희는 그렇게 생각했다. 커피를 마신다면 좋겠지만 그 일은 희에게 '목표'가 아니고 '낭만'이었으니까, 희는 괜찮았다.

그래도, 역시, 커피였으면 좋겠다…… 희는 계산에 맞게 우유를 한 모금 마셨다.

책 읽기를 통해 희의 읽기가 호전되었는지는 알 수 없었다. 책은 희의 나이에 맞게 선정되었고 희는 또래보다 독해력이 조금 더 좋은 편이었으므로 희가 책을 읽으며 난관에 부딪힐 일은 딱히 없었다. 간식 때문에 슬픔도 고소함과 달달함의 세계에 들어왔으므로 희는 괴로운 장면도 우유와, 책장과 함께 넘길 수 있었다.

그렇지만 달라진 것은 분명히 있었다. 가만히 앉아 책을 읽으며 이따금 간식을 먹는 희의 모습은 희의 어머니를 기쁘고 서럽게 했다. 어째서 흐뭇함이 아니고 기쁨이고 설움인 건지 그녀 스스로도 잘 몰랐지만, 그 기쁨과 설움은 그녀를 분노하게 하지 않고 편안하게 만들었다. 퇴근하고 돌아오면 거실에 가만히 앉아 책을 읽고 있는 희가 있었다. 그녀는 전보다 현관을 약하게 열었다. 손을 씻고 머그컵에 우유를 따라 전자레인지로 데웠다. 찬장에서 토피넥을 꺼내 머그컵 위에 올렸다. 책을 읽고 있는 희의 앞에 조용히 두고 방으로 들어가 누웠다. 희가 방문을 두드리고 들어와 "엄마, 나 책 다 읽었어" 하면 '손을'에서 '누웠다'까지의 일을 한 번 더 했다.

달달하고 고소한 향······. 그녀는 거실에서, 자신의 손에서 나는 그 희미한 향을 맡으며 잠에 들었다.

책을 다 읽고 받은 간식은, 남은 책장에 따라 계산할 필요가 없으므로 희는 마음 내키는 대로 그것을 먹었다. 동작은 책을 읽을 때처럼 여전히 신중했으나 희의 마음은 달랐다. 그 시간은 무엇도 고려하지 않으면서 고려할 수 있는 시간이었다. 희는 그럴 때 엄마에 대해 생각했고 이혼하기 전 살던 집에 대해 생각했고 희,라는 자신의 호칭에 대해 생각했다. 호칭은 마음에 들었고 이혼하기 전 살던 집보다는 여기가 나았고 엄마는 잘 모르겠다, 몰라, 잘 모르겠어,

잘…… 희는 팔을 긁기 시작했다. 엄마가 잠에서 깨서 이 모습을 보면 나를 또 때릴까. 책 배달을 끊을까, 아니면 계속할까. 어쩌면 회사만 바꿀 수도 있다. 그러면 가방이 바뀌겠지. 가방이 별로 마음에 드는 건 아니었지만. 조금 촌스러운 디자인이지…… 아니, 촌스럽다기보다는, 세련되지 않은 디자인이지……. 그게 그 말인가.

그래도, 그게 그 말이어도, 분명히 다르게 느껴지는 부분이 있다고 희는 생각한다. 희는 긁기를 멈춘다. 남은 토피넥을 한입에 다 넣는다. 입안에 가득 차는 캐러멜 맛. 덕분에 기분이 아주 나쁘지는 않은 것 같다. 하지만 좋지도 않다. 그냥 빨리 잠을 자고 싶다. 희는 양치를 하면서 대충 자리를 정리하고 불을 끈다.

그러나 잠은 오지 않고. 차라리 바닥에 눕는 게 나을 것 같아서, 희는 요를 치운다. 베개를 안고 벽을 보는 방향으로 몸을 돌린다. 희, 라는 호칭은 좋지만 사실 어떤 호칭이었어도 마음에 들었을 것 같다. 이혼하기 전 살던 집보다 여기가 확실히 낫다. 그 전 집에도 지금 집에도 자신의 방은 없었으므로 둘 다 좋진 않지만. 적어도 여기는 누군가 갑자기 찾아오지 않으니까.

엄마는…….

희는 몸을 긁다가, 일어나서, 손을 씻고, 불을 켜고, 가방을 가져온다. 가로 45센티 세로 30센티짜리 군청색 가방. 희가 읽은 책과 읽을 책이 들어 있는. 희는 그중 한 권을 꺼내 펼친다. 읽는다.

나

엄마와 아빠가 이혼하기로 했다.

아직 서류 정리가 남아 있긴 하지만, 드디어 합의 이혼을 하게 되었다.

이혼을 마지막으로 언급했을 때, 우리가 사는 아파트에 불을 질러버리겠다고 협박하던 아빠였기에 엄마는 거의 포기 상태였지만, 다시 용기를 내기로 했다. 무엇이 엄마를 다시 움직이게 했는지는 알 수 없지만, 나는 다만 엄마가 더 행복해졌으면 좋겠다. 우리 가족의 엄마로부터 벗어나서, 그리고 싶은 그림도 많이 그리고 고양이들과 잘 살았으면 좋겠다.

나는 글을 쓰며 잘 살아나가볼 것이다. 오늘은 소설 수업을 들었다. 수강생들이 돌아가며 합평을 한 번씩 마쳤기에, 마무리 겸 자그마한 시상식을 했다. 상품은 없었고 우리끼리 하는 작은 투표였는데 열심히 고민하며 어떤 작품의 제목이 가장 좋은지, 어떤 캐릭터가 가장 매력 있었는지, 어떤 문체가 가장 마음에 들었는지를 이야기했다. 장난 식으로 누구를 경쟁자로 생각하느냐는 선생님의 마지막 질문에, 나는 진심으로 나 자신이라고 대답했다.

나는 주변인들에게서, 친구에게서, 가족에게서 벗어나 나 자신과 싸우고 싶다. 나와 엎치락뒤치락하며, 나와 함께 달리고 싶다.

일기에도 거짓말을 쓰는 사람

99년생 시인의 자의식 과잉 에세이

초판 1쇄 발행 2021년 12월 6일 **초판 3쇄 발행** 2025년 1월 24일

지은이 차도하
펴낸이 최순영

출판1 본부장 한수미
라이프 팀장 곽지희
편집 곽지희
디자인 윤정아

펴낸곳 ㈜위즈덤하우스 **출판등록** 2000년 5월 23일 제13-1071호
주소 서울특별시 마포구 양화로 19 합정오피스빌딩 17층
전화 02) 2179-5600 **홈페이지** www.wisdomhouse.co.kr

ⓒ 차도하, 2021

ISBN 979-11-6812-087-7 03810

KOMCA 승인 필·KOSCAP 승인 필

• 이 책의 전부 또는 일부 내용을 재사용하려면 반드시 사전에 저작권자와
  ㈜위즈덤하우스의 동의를 받아야 합니다.
• 인쇄·제작 및 유통상의 파본 도서는 구입하신 서점에서 바꿔드립니다.
• 책값은 뒤표지에 있습니다.